マドンナメイト文庫

放課後奴隷市場 略奪された処女妹

成海光陽

目次

contents

放課後奴隷市場

略奪された処女妹

プロローグ

一九九五年の冬。空は見るからに鉛色で、朝から雪が降っていた。

厳格さという点では同僚も呆れるほど生真面目な教官の小野田《おのだ》は、保護司に目配せしてから坊主頭の新川勇次《にいかわゆうじ》に向かって初めて微笑んだ。

来年、改築工事の決まっている老朽化した少年院施設のエントランスホールには二人しかいなかった。

「ここに戻ってくるようなことがあれば、そのときはわかっているな？」

そう言って少年の肩をとんとんと数回叩き、最後にギュッと力強く摑んだ。

「わかっています。今まで大変お世話になりました」

勇次は小野田の目をじっと見た。

小野田は口にこそ出さないが、勇次の顔立ちが美しいことに気づいていた。

二年前に入所してきた頃に比べると、だいぶ体つきもたくましくなり、身長も小野田と並ぶくらいになっていた。百七十五センチはあるのではなかろうか。ただ、手足がすらりと長く、頭も小さいので、もっと背が高く見えるかもしれない。

勇次の事件は実際には事故だったのかもしれない。

家で暴れ包丁を持ち出した父親から母親と妹を守ろうとして、結果、逆に父親を刺してしまったのだという。

正義感に溢れる勇次ならやりかねないと小野田は思った。その後、勇次はすべての罪は自分にあることを認め、弁明することもなかった。

いかにも勇次らしかった。

あの馬鹿な父親がいなければ、元来少年院になど来ることもなかった少年なのだ。入所してから一年後に母親が再婚することが決まったときも立派な態度だった。相手は事情を知ったうえで求婚してきたのだから、よほど母親に惚れたのだろう。

小野田も見かけたことがあるが、母親もまた美人だった。教官の中にはあからさまに性的な視線を投げかける者もいた。

噂では、義父になる男にも寛大な態度を示したという。

しかし、その意志の強さが諸刃《もろは》の剣だと思った。

ひとたび土台を失えば、たちまちその矛先を変え、よからぬ方向に進む可能もあるからだ。

「それじゃ、元気でな」

「ありがとうございます。更生に向けて頑張ります」

爽やかな表情の勇次を前にして小野田は勇次の本性がわからなくなってきた。いや、人間とはそういうものかもしれない。今は少年の再起を願おうではないか。小野田は再び微笑むのだった。

第一章　清純処女の瑞々しい肢体

1

勇次は少年院を出てから荒川近くの小さな印刷工場で働いていた。

社長の森保《もりやす》が勇次の身元引受人だった。

森保は一見とっつきにくい顔をしているが、工員からも信頼されている篤志家《とくしか》であることはすぐにわかった。控えめだが、人懐っこい笑顔が魅力でもあった。それでいて、シャツから覗いた腕は太く、長年力作業で培《つちか》ったたくましさが窺えた。今年五十になるという。

妻とは数年前に死別してしまったそうだ。

梅雨《つゆ》が明けたばかりなせいか、湿った風に乗ってどこか潮の香りが漂っていた。勇次はタンクトップ姿で、剝き出しの腕には早くも筋肉がついていた。

工場には勇次の他にも若い工員が何人かいた。みんな自分と同じ境遇のようだが、誰も過去を詮索しないので気楽ではあった。

「おい、勇次、手伝ってくれないか」

断裁機のほうで森保が呼んでいる。

「はい、今行きます！」

「この前、教えたとおりにできるか？」

勇次は頷いて、巨大な紙を断裁機で分割していく。そして余白をカットしてから折り目をつける。そうして新聞の折り込みチラシを仕上げていく。まだ半年しかたっていないが、手慣れた職人のようにさばいていく。

「一を聞いて十を知るってやつか。たいしたもんだよ」

森保はひととおり確認したあと、素直に勇次を褒めた。

勇次は笑みがこぼれるのを抑えることはできなかった。森保から励まされると自然とやる気が湧いてくるのだ。

そのとき軽やかな足音が聞こえてきた。

勇次は森保とともに振り返った。

「ただいまぁ」

制服姿の少女が立っていた。

森保の一人娘の彩未《あやみ》だった。短めのスカートから健康的な太腿が覗いていた。

勇次が少年院に入っているあいだに、女子高生のスカートはすっかり短くなってしまった。

彩未の黒髪は肩口で切り揃えられていて、前髪は眉がギリギリ隠れるくらいの長さだった。子猫のように大きい瞳がチャームポイントで唇は小さく可憐だった。十六歳だが、顔にはまだ幼さを残していた。

その一方で、ブラウス越しでも胸の大きさがわかるくらいで、模様の入ったブラジャーが透けて見えるのが悩ましかった。

彩未が工場に入ってくるだけで、ふだんは無機質な空間が一気に様変わりした。紙やインクの臭いを打ち消すような清涼感が漂ってくる。

「勇次さん、お疲れさまです!」

彩未が勇次に話しかけてきた。

少女の匂いの刺激が強すぎて、勇次は思わず後ずさりした。一瞬怯んだのを悟られぬよう微笑むのを忘れなかったが。

「お帰りなさい」

それなのに彩未は顔を近づけるばかりか、腕まで絡めてきた。勇次は隣にいる森保の視線が気になって仕方がなかった。

「おい、仕事場に来るなと何度言ったら……」

業《ごう》を煮やした森保が困った顔で注意したが、彩未はまるで聞こえていないように話を続けた。

彩未の腕は男とは正反対で滑らかで柔らかかった。

「この前、教えてもらったポイントが本当にテストに出たの。ありがとう！　勇次さんって頭がいいんだね！」

反応するなというほうが無理だった。

ズボンの中でたちまちペニスが勃起しはじめた。そんなことに気づきもしない彩未はますます身体を擦り寄せた。

「それはよかったね」

「だから、またお願いね！　明日は数学のテストなんだよね……」

上目遣いで媚びる彩未の頭を森保が軽く拳骨《げんこつ》で叩いた。

「おい、いい加減にしろ」

「いたっ」

彩未は頬を膨らませて抗議した。

「宿題は自分でやるもんだ」

「わからないところを勇次さんに教えてもらうだけだよ。ねぇ、勇次さん？」

やれやれといった表情で森保は勇次の顔を見た。

「彩未ちゃんは呑み込みが早いから、こちらも教えがいがありますよ」

「すまんな。本当は家庭教師代も払わないといけないんだが……」

バブルが崩壊した煽りで印刷業界も大打撃を受けていた。

「教えることで、自分の勉強にもなるので僕はかまいません。社長にはお世話になっているので、これくらいは……」

「せめて、晩飯くらいはご馳走させてくれ……といってもこいつが作ったものだが」

森保は彩未を指さして言った。

これまでにも何度か夕食に招かれたことがあるが、彩未の手料理はどれも美味しかった。

「お邪魔でなければ」

「やったぁ！」

「まったく、おまえも少しは勇次の言葉遣いを見習えよ」

「私の口が悪いのは父親譲りですよ」

仲のいい親子だ。

勇次は少し羨ましかった。

こんな家庭を望んでいたのかもしれない。

ふとそんなことを思った。

「口が減らないやつだな。さっさと家に帰れ、仕事の邪魔だ」

和やかな雰囲気に他の工員たちも微笑んでいる。

「こら、見世物じゃねーぞ。手を動かせ」

バツの悪い森保が怒鳴ってごまかした。

さすがの彩未も控室に引っ込んだ。

勇次はひと仕事終えて、就業時間が近づいた頃、急ぎの追加仕事が入ってきた。久しぶりの残業だった。

それを終える頃には外はすっかり暗くなっていた。彩未を一人で帰すのは危険な気がした。

「社長、彩未ちゃんを家まで送っていきますよ」

「おお、そうか。じゃ、頼むわ。俺はあと少しやってからすぐに帰るから」

勇次は彩未に声をかけ二人で帰途についた。

2

商店街に立ち寄り、スーパーで買い物を住ませたあと、人通りの少ない路地裏を歩いた。

「このへんは暗くなると危ないから気をつけたほうがいい」

そう言った矢先、背後に人の気配を感じた。思い過ごしかもしれないとわざと角を曲がったが、それでもあとをついてきた。

「……あいつだ！」

彩未がつぶやいた。

「あいつ」とは彩未につきまとっている中年男のことだ。勇次は以前、彩未から相談されていて、警戒するようにしていた。

彩未が勇次の手をそっと握ってきた。小さく震えていた。

勇次は再び角を曲がり、彩未を電柱の陰に隠して身構えた。

そのとき、彩未が不意にキスをしてきた。

「これはおまじないだから……」

そう言って恥ずかしそうに俯いた。

驚いた勇次も視線をそらした。だが、二人で恋愛ごっこをしている場合ではない。

勇次は引き返して、男を待ち伏せた。

やがて、男が姿を見せた。

身長は百八十センチはあるだろう。体重も百キロを超えているかもしれない。太鼓腹がTシャツの裾から見え隠れしている。

頭頂部は薄くなっていて、脂ぎった髪が額に貼りついていた。

二週間前、勇次は彩未を待ち伏せしていた男を警察に突き出した。

そこで判明したのは男が資産家の息子で無職だということだった。警察もとりたてて事件とはみなしていないようで、注意するにとどまった。

だが、またもこうして彩未の前に現れた。

「すいません。私には彼氏がいるんです」

「彩未ちゃん?」

振り返ると彩未はそのときばかりは顔を赤らめて男に向かって言った。

自分に彼氏がいるとわかれば男があきらめると思ったのだろう。

彩未はすかさず勇次に駆け寄ると身体に抱きついてきた。

「何をしている。離れるんだ！」

中年男が唾を飛ばしながらやたらと高い声で叫んだ。

見れば手にはナイフを握っていた。

興奮しているのか、荒い呼吸を繰り返している。

漂ってくる異様な体臭が鼻をついた。明らかに街を歩いている人間とは異質だった。しかし、その中でも目が際立っていた。

ビー玉のように澱《よど》んだ瞳に生気はなかった。

勇次はその目に見覚えがあった。泥酔して包丁を振りかざしたときの父親の目にそっくりだった。

「おお、おま、おまえさえいなければ……」

男は激昂《げきこう》しているが、勇次は冷静だった。少年院で場数を踏んだせいかもしれない。

「あや、彩未ちゃんは……」

何やらブツブツ言ってポケットから何かを取り出した。そしてそれを鼻先に押しつけて匂いを嗅ぎはじめめた。

「いやぁ！　それ……」

女性用の下着だった。彩未には心当たりがあるようで狼狽している。

「はぁ、はぁ、はぁ、あああああ、彩未ちゃん」

ズボンの上から明らかに勃起しているのがわかった。男は股間に手をやり、さすりはじめた。

「いや、いやぁ、やめてぇ！」

彩未は悲鳴をあげた。勇次の頭に母と妹の悲鳴がフラッシュバックした。

それがスイッチになって、勇次の血が沸騰した。

「……」

勇次は無言で男に近づいていく。

「こっちに来るな！　これが見えないのか？」

男はナイフをかざした。キッチンなんかにある果物ナイフのようだ。

「俺は本気だぞ？　さっさと俺の彩未ちゃんから離れろ」

「好きなら何をしてもいいと思っているのか？」

勇次の父親は泥酔して家族に暴力をふるったあと、酔いが醒めると決まってすまなかったと言って泣いたものだった。

「うるさい。おまえなんかに関係ないだろ！」

「あんたは錯覚しているだけだ。早く目を覚ませ」

「俺は知っているんだぞ？　お、おまえは犯罪者なんだろ？」

男は勇次の素性《すじょう》を調べたらしい。男の言うとおり罪を犯したのは事実だった。

「……そう、確かにあんたの言うとおりだ。でも、俺は自分の気持ちを相手に押しつけるようなことはしない」

「そんなの知るかよ！　偉そうに説教するんじゃない！」

男はナイフを振りかざして突進してきた。

勇次は身をかわして相手の手首を捻った。落ちたナイフは転がって側溝まで飛んでいった。

「……あ」

男は事態を呑み込めず辺りを見渡したかと思うと、再び叫びながら彩未に突進した。

「彩未ちゃんんんん！」

「いやぁ！」

今度は男を脚で引っかけ転ばせると、そのまま羽交《はが》い締めにした。

「いぎゃあああああ！」

男は一瞬悲鳴をあげたが、すぐにぐったりした。意識が朦朧としてきたのだろう。

騒ぎを聞きつけたのか、人だかりがしてきた。

勇次は男の耳元に低い声ですごんだ。

「……彼女に二度と近づくな」

「うう……犯罪者が何を言う！」

勇次の頭に血がのぼった。

「うう……」

「そのままじゃ、死んでしまうわ！」

彩未が勇次の肩を揺さぶって、ようやく正気に返った。

ハッとして力を抜いた。

勇次は男から離れると、呆然としていた。

彩未に制止されなかったら、男を殺していたかもしれない。冷静さを失った自分が怖かった。

3

その後、彩未につきまとっていた男は姿を見せなくなった。

彩未もあの夜以来、勇次を意識しているようで、以前のように無邪気に話しけてくることもなくなった。工場にも立ち寄らずまっすぐに帰宅しているようだ。

勇次のほうでも仕事を終えればアパートに直行する日々が続いた。

今日は珍しく寄り道をして書店に入った。

勇次は少年院でも図書室の常連だったほど本好きになっていた。その書店は小さかったが、店主の趣味がいいのか他の書店とは一風変わって興味深い本が多かった。書棚を眺めていると、背後から声をかけられた。

「相変わらず真面目だな。なんでエロ本を無視して、こんなコーナーに来るんだ？」

嘲笑するような口調だが、どこか人懐っこい声だった。勇次は振り返って相手を見据えた。

少年院で知り合った辰己蓮《たつみれん》だった。身長は勇次とほとんど変わらない。あの頃と違って見るからに上等な生地のスーツを着ていた。爬虫類を思わせる細い目と薄い唇が特徴だった。

辰己は一学年上の二十一歳だった。まだ少年っぽい顔立ちながら、カタギではないオーラを纏っていた。

「久しぶりだな。出所したら俺に教えろと言っただろう？」

「なんでおまえがここにいるんだ？」

「そんな言い方をしなくてもいいだろう。わざわざおまえに会いに来たんだからよ」

「……頼んだ覚えがないが」

「ま、そう言わずに、ちょっと付き合えよ」

勇次は無視して店を出た。

行き交《か》う人々が辰己から視線をそらした。シャッターの閉まった店の前に商店街には不釣り合いなスポーツカーが停まっていた。

勇次は仕方なく助手席に乗り込んだ。辰己はあたりを威嚇するようにエンジンを噴かした。

車は隅田川沿いの広い通りを飛ばした。

「もうちょっとスピードを落としたらどうだ？」

見かねた勇次が注意するでもなくつぶやいた。

「車に乗ると生きてるって実感できるだろう？」

辰己は渋い顔をして煙草を吸った。

ふと腕時計を見ると、いかにも高価そうな装飾が施されていた。

辰己は出所してから一年くらいしか経っていないはずだ。

実家が裕福な家族というわけでもあるまい。勇次は辰己が悪事に手を染めていることを直感した。

辰己は勇次の態度になど意に介さず得意気にべらべらとよくしゃべったあと、少し真顔になって言った。

「あるビジネスをしているんだが、人手が足りない。手伝ってくれないか？」

「断る」

「内容も聞かずに即決か？　あんな町工場で一生働くのか？」

「俺は満足している。こんな俺でも雇ってくれるんだから」

「理解できねーな」

辰己はさらにスピードをあげた。

少年院での辰己の印象といえば、享楽的で他人に共感しないどころか、自分の命さえも軽視しているように見えた。

それでいて他人を自分の思いどおりに動かそうとする。それはどうやら今も変わっていない様子だ。

根本的に信頼できない人間。

それが辰己だった。

「じゃ、ちょっと考えておいてくれよ」

「考えるもなにも……」

「いや、すぐに答えを出すな。また今度な」

勇次を降ろすと車は再び爆音をあげて走り去った。


勇次は帰宅すると、溜め息をついて、そのことに自嘲した。

昔の人間に会ったことがストレスだったのだろうか。

部屋は会社の寮と言えば聞こえはいいが、アパートの一室を借りあげただけだった。四畳半一間で、狭い台所とバスルームがあるだけだったが、勇次には十分だった。

家具は最小限しかなかった。好きな本は床に積み上げていた。

シャワーを浴びて、少し考え事をしていると、ドアを叩く音がした。

「……はい」

勇次が玄関の扉を開くと、彩未が立っていた。

小さい鍋を持っている。浮かない顔をしていた。何かあったのだろうか。勇次は気になった。

「あの……これ、夕ご飯にと思って……」

ロールキャベツらしい。

「え？　わざわざありがとう」

勇次が受け取ろうと手を差し出したが、項垂《うなだ》れたままの彩未はドアを閉めて中に入ってきた。

「温めてあげるよ」

「いや……」

彩未は有無を言わさず部屋に上がり、すぐにガスコンロで鍋を温めはじめた。

「あれ？　冷蔵庫はないの？」

「ごめん……」

「何か他にも作ろうと思ったんだけど……。今日はロールキャベツだけで我慢してね？」

無理にはしゃいでいる気がする。

「彩未ちゃんは料理がうまいよね」

「……お母さんに仕込まれたからね」

彩未は振り返らずにポツリとつぶやいた。背中から緊張感が伝わってきた。

（この前のことをまだ気にしているんだろうか……）

勇次は彩未の柔らかい唇を思い出した。

小さなテーブルにロールキャベツが鍋ごと置かれた。

「さあ、どうぞ」

「いただきます」

勇次は温められたロールキャベツを口に運んだ。今まで食べたなかで一番美味だった。

その間、彩未は黙って勇次の食べる姿を眺めていた。

「味の染み込んだ糸こんにゃくがアクセントになっていて美味しいね」

「うちの秘伝レシピなの！」

勇次はもう何年も母親の手料理を食べていないことに気がついた。

彩未は頬を赤く染めて勇次をじっと見ている。

勇次はあえて突き放した声で言った。

「もう遅いから帰ったほうがいい」

彩未がそれに弾かれたように顔を上げた。

その目には哀しみが溢れていた。

(彼女みたいな娘は自分に相応《ふさわ》しくない)

勇次は食べ終えると、鍋を洗いはじめた。

彩未は勇次のつれない態度に困惑しているようだった。それでも勇気を出して震える声で話を続けようとした。

「……本が好きなんだね……」

「単なる暇つぶしだ」

そう言って振り返ると、目の前に彩未がいた。

そして無言で抱きついてきた。

鍋が滑り落ちて派手な音を響かせた。

「……ちょっと、待ってくれ」

「いや!」

「こんなこと、やめたほうがいい」

「いや、いや！」

勇次は自分の中に眠る衝動を恐れていた。

「彩未ちゃんと僕とでは棲む世界が違うんだ」

「そんなことないわ！　何が違うの？」

彩未の目は真剣だった。

「あの男が言ったように僕は犯罪者なんだよ」

「もう罪を償ったじゃない」

「彩未ちゃんはわかってないんだよ」

「私も子供の頃から父親のおかげで元犯罪者に囲まれて生きてきたの。父を裏切ったり、会社のお金を盗んだりする人もいたわ。それでも……」

彩未は涙を流しながら訴えた。

「……」

「それでも、父は自分も若い頃に刑務所に入っていたから、受刑者の気持ちが少しでもわかると言っていたわ。だから、同じような境遇の人の助けになりたいと頑張っているの。たった一度の過《あやま》ちがなによ。私がそんなことを気にするとでも思っているの？」

そう言うと、彩未は勇次に抱きつきキスをしてきた。

あのときよりも熱く、濃厚なキスだった。

恐るおそる侵入してきた舌を舌で絡めていく。

彩未のほうでも熱が籠ってきた。勇次は本能に従い、力強く少女を抱きしめていた。

4

キスはぎこちないものだったが、勇次はそれにかまわずに舌を貪《むさぼ》った。

「んんん」

彩未の吐息が口の中に満たされ、爽やかな薫りが鼻を突き抜ける。

ペニスは自分でも信じられないほど勃起し、ズボンを突き上げている。

勇次は無意識に彩未の下腹部に向かって肉棒を擦りつけていた。それだけで射精してしまいたくなるほどの快感だった。

亀頭はすでに先走り液で濡れているのがわかった。

「……う」

勇次は思わず呻き声を出した。すると今度は彩未がズボン越しに逸物に触れてきた。

「うわぁ、とっても硬くて……熱い」

「ああ……」

彩未がぎゅっと握り込んできた。

ペニスはドクドクと脈打ち、痛いほどいきり立っている。

「すごい……男の人のってこんなに硬くなるんだ……」

「ごめん……」

「謝ることじゃないでしょ！」

彩未はいつもの笑顔に戻り、勇次の手を取って自分の胸に導いた。

Tシャツの上からでも胸の膨らみがわかった。ブラジャー越しとはいえ女性の乳房とはこんなにも柔らかいものなのかと勇次は感動さえした。緊張して身体が固まってしまう。

「……」

「もっと……触って……」

消極的な勇次に業を煮やしたのか、彩未がTシャツを捲《めく》った。

白を基調としたなかにブルーの花柄があしらわれたブラジャーから乳房がこぼれ出そうになっていた。

意外に彩未の胸は大きかったのだ。勇次は思わずそれに見入って、自ら手をブラジャーに潜り込ませた。

「……んん」

なんと魅力的で悩ましい膨らみなのか。

勇次の理性はあっけなく弾け飛んだ。

取り憑かれたように乳房を揉んだ。

手にひらからはみ出すほどのボリュームがあり、まだハイティーンだからか、やや硬質な弾力が初々《ういうい》しかった。

勇次は両手で円を描くように大胆に乳房を揉み込んだ。

「……あ、ああ……あん」

彩未が可愛らしい声で喘ぎながら、再び肉槍を擦りあげてくる。ズボン越しに裏筋を刺激されて、目の奥が痺れるような感覚になる。

(ああなんて気持ちがいいんだ)

単に手でまさぐるだけのものだったが、不器用なのはお互いさまだ。二人とも呻き声を漏らしながら、快楽を貪った。

勇次は彩未の乳房から手を離すと、彩未もゆっくりとペニスを解放した。そして、勇次を見あげた。

濡れた下唇がいやらしく膨らみ、桃色に輝いていた。

勇次はたまらなくなってその唇に吸いついた。

さらに、ブラジャーを下ろして乳房を剝き出しにした。

「！」

手でたっぷりと乳房を味わった。

やはりけっこうなボリュームがあった。適度な弾力があり、身体の振動に合わせてプルプルと震えている。

「んんん」

「手からはみ出してしまいそうだよ」

勇次は夢中になって指を動かした。

わずかに膨らんだ乳輪と尖った乳首が指を掠めた。すぐに指先で乳頭を挟みグリグリと転がしてみた。

「あ、あああん」

なんともいえぬ本能を刺激する甘い声だった。

「……あたしも」

彩未が勇次のズボンのベルトを外そうとしてうまくいかなかった。

二人で顔を見合わせ、照れ笑いをした。

勇次が自分でベルトを外したとたん、彩未がズボンを脱がし、パンツまで下ろそうとした。だが、亀頭がパンツに引っかかってしまった。腰を引いてなんとか脱がせることができた。

勢いよく飛び出した勃起ペニスが腹を打った。

彩未は自然とひざまずき、しげしげとペニスを眺めた。

鈴割れからは先走り液が次から次へ溢れ出て、亀頭を濡らしていた。ペニスは期待に震えているのか、ときおりピクピクと痙攣している。

「……なんかすごいね」

自分でもかつてない勃起に驚いていた。破裂しそうなほど肥大した血管が肉竿を縦横無尽に這っていた。

彩未の好奇の視線と熱い吐息が敏感な粘膜に触れるだけで、羞恥とともに興奮も高まってくる。

「そんなにじっくり見ないでくれよ」

「オチ×チンがこんなに大きくなるなんて……」

彩未は逸物から目を反らさぬまま感嘆した。

見下ろすと彩未のスカートが捲れ返り、白い太腿が露《あらわ》になっていた。その奥には純白のパンティが覗いている。

刺激的な光景に勇次は耐えきれずにその場に座り込んだ。

「……自分だけするいぞ」

それが何を意味しているのかわかったのか、彩未は少し身を引いて恥じらった。すぐにはしたなく開いたままの脚を慌てて閉じた。

勇次は彩未を居間に連れていき、身体を横たえた。そして太腿に唇を這わせ、パンティの膨らみをソロリと撫でた。

「あああん！」

彩未がいっそう高い声をあげて背筋をぴくんと反らした。

勇次はさらに指を化繊のパンティの上に這わせつづけた。

大陰唇の合間に指が入り込み、上下に動かすたびに縦筋が刻まれていく。恥丘には大人の飾り毛があるためかわずかに膨らんでいるが、秘部はぴったりと張りつきダイレクトに熱と動きが伝わってくる。

「はぁ、はっ、はぁ、はっ」

彩未の呼吸が激しくなるにつれて、股がゆっくりと開いていった。

同時にクチュ、クチュとパンティから卑猥な水音が響きだした。

「いいかな？」

「……」

彩未が頬を赤く染めて横を向き、小さく頷いた。

勇次は顔を太腿の合間に差し込み、パンティを脱がしていく。

かすかに若草の香りが漂ってきた。

グロテスクどころか興奮を煽るような見た目の性器だった。

陰毛も繊細で控えめに生えているだけだった。そのため色素沈着のしていない無垢な割れ目がはっきりと見えた。

太腿を開かせると、陰裂がわずかに口を開いた。身動《じろ》ぎするたびに花唇が羞恥に震えていた。

勇次はわざと大げさに秘部にむしゃぶりついた。

「ひぃ!?」

彩未が太腿で勇次の頭を挟み、さらに両手で頭を押さえつけてきた。

だが、それにかまわず早くもぬらついた陰裂をえぐるように舌で舐めあげた。

すると彩未がこらえきれずにぎゅっと太腿をきつく閉じ合わせてきた。

「ちゅぷ、ちゅ、ちゅぴゅん」

「あ、あひぃ……そんなにしたら、あぁ、き、汚いよぉ」

今度は目の前にある突起に向かった。

尖りがまだ包皮に隠れていた。そこを舐めあげていくと、ツルリとした媚肉の隆起が現れはじめた。

(これが、クリトリスなのか……さっきよりも尖ってきてるぞ)

初めて見る淫核というものにある種の感動さえ覚えた。

息遣いに合わせて微妙に蠢いている。勇次はさらに淫核の頭を擽《くすぐ》るように舐《ねぶ》っていった。

(こんな可愛い子がこんないやらしいものを隠し持っているとは……)

勇次は再び唇を密着させ、肉豆を優しく愛撫した。さらに包皮が捲れあがり、敏感な粘膜がひょっこり現れたところを舌で捉えた。

(クリトリスはなんて健気《けなげ》なんだ)

舌で包むようにしてから舌を尖らせて強めにつついてみる。

「……あ、あくぅ、そこは……あひぃ、だめぇ」

言葉とは裏腹に、彩未の身体から力が抜けていく。

体験したことのない強烈な快感に我を忘れているのか、脚がさらに開き腰を突き出す勢いだ。

勇次は彩未のそんなしどけない姿を見て、自分の行為が相手に快楽をもたらすことが嬉しかった。

さらにゆっくりと淫核を舌先で転がしながら、小さく開閉を繰り返す膣口から濃厚な蜜を掬《すく》い取ると、肉豆にそれを擦りつけて愛撫した。

「あぁ、もう……だめぇ……あ、あひぃぃぃ」

突然、彩未が甲高い声をあげたかと思うと、鼠径部《そけいぶ》に痙攣が走った。

それと同時にドッと愛液が溢れ出した。量は夥《おびただ》しく、畳に小さい水たまりを作ったほどだ。

(お漏らし？　いや、これが潮吹きってやつか!?)

勇次は女体の神秘に驚いた。

だが、彩未のほうがショックは強かったようだ。意識がはっきりしてくると、自分の股間を覗き込んで泣きだしてしまった。

その姿が妹の詩穂里《しほり》と重なった。

父の母親への暴力が始まると泣きだす妹を慰めるのは勇次の役割だった。

勇次は思わず彩未を力強く抱きしめた。

「は、恥ずかしい……」

「大丈夫だよ」

彩未が安心したように勇次に抱きついてきた。

5

勇次の胸に彩未がもたれかかっていた。

(どうやら落ち着いたようだ)

勇次が微笑むと、彩未は潤んだ瞳でじっと見てきた。

「じゃあ、そろそろ帰ったほうがいい……シャワーを浴びてきなよ」

そう言ってズボンを穿き直そうとすると手を押さえられた。

「まだ、勇次さんが気持ちよくなってない……」

「え？」

「だって、こんなに大きいままだよ？」

勃起は弱まったとはいえ、ペニスはまだ屹立していた。彩未はためらいなくそこに手を伸ばした。

（女の子の手は小さいんだな。それに柔らかい……）

肉棒は再び硬くなって頭を持ち上げてきた。

「こんな大きいものが本当に入るのかな？」

「え？」

彩未が大胆な疑問を口にした。そして肉竿を摑んで、上目遣いで勇次の顔を覗いた。

「私じゃダメ？」

「そ、そんな……ダメなんかじゃないよ……でも、俺なんかと」

「そんなことを言わないで……私の見る目がないみたいじゃない！」

そう言って微笑んだ彩未は可愛かった。

「……」

「これでもモテるんだから……他校の男子からラブレターをもらったし」

彩未はいじらしく自分を売り込んだ。

勇次はそのほどよく肉のついた身体を抱きしめて唇を重ねた。

彩未のほうでもおずおずと舌を絡めてきて、次第に熱を帯びたようになり身体を密着させてきた。

勇次は胸に押しつけられる乳房の弾力を意識して興奮し、さらに形のいいプリプリしたヒップを鷲掴みにした。

「っんぁゥん……」

彩未の鼻から抜けるような甘い吐息が聞こえ、身体が燃えるように熱くなっていった。

「初めてを……もらうよ」

勇次はかすれた声でかろうじてそう言った。

「……はい」

消え入りそうな声だった。

勇次はとっさに押入れからマットレスを取り出して、そこに彩未を寝かせた。彩未がいるだけで自分の部屋が違って見えた。

「……勇次さん」

彩未は乳房と股間を手で隠していたが、勇次が近づくと両手を差し出してきた。

一瞬、妹の姿と重なった。勇次はそっと彩未に覆い被さった。少し震えている少女は首にしがみついてきた。

その身体は陶器のように艶《つや》やかで、曲線が優美だった。

亀頭で繊毛を掻き分けるだけで、期待と緊張で気分が昂《たかぶ》ってきた。

薄桃色の花唇に亀頭が触れるだけで全身を快感が走り抜けた。

そのまま腰を突き出してペニスを推し進めた。するとヌルリと媚肉が亀頭を包み込んできた。

(……こんな日が来るなんて夢にも思わなかった。しかし、セックスはなんて気持ちがいいんだ)

一瞬でも気を抜くと精をぶちまけてしまいそうだった。

勇次は肛門に力を入れて、なんとか食い止め慎重に腰を進めた。

「んくぅ」

今度は彩未が呻き声をあげる番だった。

どうやら、亀頭が膣の入り口を押し分けたようだ。

(狭いから痛いに決まっているよな)

そこでようやく勇次は少し冷静になった。

このまま処女を奪ってもいいのだろうか。本能は突き進むことを望んでいるが、はたしてこれでいいのだろうか。

勇次は躊躇した。

それを悟ったのか、彩未がしがみついてきた。

「来て！　我慢なんてしないで」

その彩未の一言が背中を押してくれた。

一気に腰を突き出すと、肉棒がしなるほどの強い抵抗感を覚えた。しかし、次の瞬間、ヌルリと亀頭が膣内に侵入していった。

「おおおお」

思わず勇次は呻き声を洩らした。あまりに気持ちよかったのだ。

膣内は熱く、柔らかく、それでいて、抵抗がある。しかも、処女のせいか強烈な締めつけ感があった。

膣は波打つようにうねっていた。いまにも射精しそうになる。だが、ペニスは奥へ奥へと呑み込まれていきそうだった。

「ん……んん……ん」

彩未は歯を食いしばって、ときおり小さい悲鳴をあげていた。

亀頭の先に何か膜のような感覚があった。それを小突くたびに、少女の小さい肩がピクッピクッと震えた。

(苦痛に耐えているんだ……)

自分が躊躇して長引かせるほど、彩未に苦痛を与えることになる。

勇次は意を決して、彩未の半開きになった口に舌を入れると同時に下腹部に体重をかけた。

「んんんんんんんん!!」

プチッと何かが裂けるような感覚があり、彩未の身体が硬直した。それでも勇次の舌を貪り、同調しようとする。

(俺のことを思ってくれてるんだ。何ていじらしいんだ)

勇次は彩未のことが愛おしくて堪《たま》らなくなった。こんな感情は初めてだった。

しかし、その想いとは裏腹に、処女膜を破った肉棒が狭隘《きようあい》な肉筒の奥へとさらに潜り込んでいった。

彩未は白い喉を見せて、頭を左右に振った。

「んん、あぁんん、勇次さんのが奥に……」

「……入った」

勇次もますますペニスをきつく締めつけられて、味わったことのない快楽に息も絶えだえになる。

ふと結合部を見下ろした。

（なんてすごいんだ！）

彩未の秘部が目いっぱいに開かれていた。

そこに自分の分身が食い込んでいる。はみ出した肉竿には静脈に沿って彩未の血が付着していた。

「……血が」

「だ……大丈夫」

眉間に皺を寄せている彩未は無理して微笑もうとした。

「ありがとう」

勇次は心の底から感謝の言葉を口にした。

あの事件以降、自分は誰かと深い関係になってはいけない人間だと思っていた。消せない過去を背負って生きていかなくてはならないのだと。

だが、彩未がその気持ちを変えてくれた。

勇次はいったんペニスを引き抜こうとした。

「ダメ、動かないで……もうちょっとこのままでいて」

膨張したペニスのせいで激痛が走ったのかもしれない。

勇次は動きを止めたが、別の生き物のように男根はピクピクと痙攣し、彩未の膣も断続的に収縮を繰り返した。

（それにしてもなんて気持ちがいいんだ。じっとしていてもイッてしまいそうだ）

勇次は彩未から立ちのぼってくるなんとも言えぬいい匂いを感じつつ懸命に堪えた。

「抜いていいかな？」

「ダメ！」

「初めてなんだからすぐには無理だよ」

「そんなことないわ！」

彩未は輝く瞳を見開いて言った。

「……」

「勇次さんが気持ちよくなってない！」

「でも……」

「最初が痛いのは覚悟していたわ。もう大丈夫だから……」

そう気丈に言い放った彩未は勇次の首に絡めた腕に力を入れた。さらに脚を腰に絡め引き寄せようとした。

勇次は意を決して肉棒を突き入れた。

「んあぁ、奥に勇次さんのがくる！」

最深部だと思った位置よりも、さらに肉棒が沈んでいき、根元まで呑み込まれるのがわかった。

彩未は子宮口を圧迫されているため、呼吸をますます荒くしていった。

「……」

勇次の胸を乳房の頂点が擦りつけた。

「……して」

か細い声で訴えてきた。

彩未は顎をあげて唇を少し突き出し訴えた。

これまで見たことのない色っぽい表情に勇次は興奮して彩未の唇に吸いついていく。できるだけ舌を伸ばし、少女の口腔内を蹂躙した。

「んん、んぷ、んん」

彩未のほうでも勇次の唾液をコクコクと喉を鳴らしながら嚥下《えんげ》していった。勇次はますます興奮してしまいペニスが最大限に勃起するのを感じた。

彩未は微笑んでいた。

(こんな美少女がバージンまで捧げてくれているとは……)

勇次は彩未を力いっぱい抱きしめた。

柔らかく、小さくて、すべすべの身体はどこまでも儚《はかな》かった。

「君を離したくない」

「私も……勇次さんと離れたくない」

いつのまにか勇次の腰は前後に動きだしていた。

血が沸騰して、身体中の細胞が一気に覚醒したような感覚になる。

「彩未ちゃん……」

名前を口にしながら勇次はピストン運動を早めていく。

結合部からは卑猥な水音が響いた。膣襞もかなり柔軟にほぐされのか、肉竿に淫らに絡みついてくる。

「あん、んあぁ、勇次さん、あ、あぁん。お腹の中を突かれるたびに、あぁ、勇次さんといっしょになっている気がするの……」

勇次は彩未の脚を摑んでM字開脚にすると、さらに膣の奥深くまではちきれんばかりに勃起したペニスを挿入した。

「あ、あひぃ……んんんん」

子宮口を亀頭で押すと、彩未はたまらないのか首を左右に振りたくった。

それに呼応するように、膣全体がまたも肉棒を締めつけてくる。

ペニスの裏筋は蕩けるような快感で、会陰の奥から急速にマグマのような射精欲が滾《たぎ》ってきた。

（くぅ、もう我慢できない。いったんペニスを抜くか……）

勇次は慌てて腰を引こうとしたが、雁首が引っかかって難しかった。その瞬間、背筋をゾクゾクと強烈な快感が駆け抜けていった。

「んんんん」

肉棒がグワッと膨張し、尿道の中を勢いよく白濁液が通過していく。

煮え滾った大量の精液が吐き出されるのを感じた。

ドピュッ、ドピュッ！

一発ごとに尿道を内側から擦りあげるような猛烈な快楽に襲われ、腰砕けになりそうだった。

暴れ馬のように跳ねる肉砲を膣がグイグイと締めつけてきた。

「うおおおおおおお！」

勇次は低い咆哮をあげながら、渾身の力でペニスを打ち込んだ。

彩未のほうも女体を大きくバウンドさせながら必死でしがみついてくる。

（魂まで吸い取られそうだ！　なんて気持ちいいんだ！）

自慰とは別次元の激しい快楽に溺れながら、尿道を焼くような射精を続けた。やがてようやく半萎えになったペニスが膣からこぼれ出た。

赤く腫れてぽっかりと開いていた膣口がゆっくりと閉じだした。それと同時に、白濁液がドロリと溢れ出た。驚くほど大量だった。

それは処女の血で濁っていた。

第二章　名門女子校の処女奴隷

1

勇次が仕事を終えてアパートに帰ると、彩未が夕食を作ってくれていた。

彩未にせがまれて合鍵を渡していたのだ。

部屋に入ると味噌汁の匂いが漂ってきた。

「お帰りなさい」

ぱっと明るい笑顔になった彩未がすぐに抱きついてきた。

制服の上にエプロンを着ているようだった。ほのかに甘酸っぱい体臭がした。たちまち勃起しそうになる。

（帰りを待つ人がいるのはいいものだな……）

母や妹と暮らしていた頃を思い出した。

父がいなければ幸せな家庭だった。

「どうかした？」

「いや……何でもない」

心配そうに覗き込んでくる彩未に向かって笑顔を取り繕った。まだ他人から踏み込まれたくない領域だった。

「いや……彩未と出会えてよかったな、なんて考えていた……」

彩未の顔がみるみる赤くなった。瑞々《みずみず》しい唇が艶やかに輝いている。

勇次はとっさにキスをした。

「さあ、夕食にしましょう！」

奥さんになったつもりか、彩未がはしゃいでいるように見えた。勇次はそんな彼女を微笑ましく見ていた。

小さなテーブルにこれでもかと料理が並べられた。どれも勇次の好きなものばかりだった。

こんな料理は実家で暮らしていたとき以来だった。

「彩未ちゃんって料理が上手《じょうず》なんだね。すごいよ」

「わーい、ありがとう！　お世辞でもうれしいわ」

「俺はお世辞なんて言わないよ？」

「カッコいいセリフ。惚れ直しちゃうよ」

二人で照れながら笑い合った。

「あのね。勇次さんのことを親友に話しちゃった。彼氏ができたって……」

「え!?」

勇次は少し困惑したが、それは別段かまわないことだった。

「親友はとっくに彼氏いるから、いろいろ教えられたよ……」

「何を？」

「ナイショ！」

彩未はそう言って食器を片付け、洗いはじめた。

勇次はその後ろ姿を見ているうちに彼女を抱きしめたくなってきた。

そっと近づくと背後から羽交《はが》い締めにした。

「いや！」

彩未は一瞬驚いたあと、頬を膨らませて怒ったふりをした。

そしてモジモジ恥じらっていたかと思うと、パッと顔をあげて振り返った。

彩未はエプロンを外すと、真面目な顔になって言った。

「……目を閉じて」

「え!?」

彩未は言いつけを守るまで譲らないといった表情でじっとこちらを見ていた。

勇次は仕方なく言われたとおりにした。

すると、彩未の手がいきなりズボンのベルトにかかった。

「……?」

勇次がそっと目を開けると彩未はひざまずいていた。ブラウスの隙間から乳房の谷間が見え、動きに合わせてそれが揺れていた。

すぐにペニスが剝き出しになり、彩未の手の中で力強く躍った。鈴割れからは滔々と先走り液が溢れている。

「いやらしい眺めだね」

彩未はふっと笑って微笑んだ。

「ああ……」

勇次は快感で天を仰いだ。

「こんな大きなものが……」

先日、自分の身体の中に入ったことに驚嘆しているようだった。

次の瞬間、彩未は口を大きく開けると、亀頭をパクリと咥えてしまった。

「う……」

勇次は声にならない呻き声をあげた。

少女の温かく柔らかい口の感触が刺激的すぎた。

最初はおずおずと舌が動いていたが、やがて大胆に絡みはじめた。

カウパー氏腺液が次から次へと溢れ出るので、彩未はそれをいやらしく啜《すす》らなければならなかった。

「彩未ちゃん、汚いよ」

「そんなことないよ。それより私、下手《へた》じゃないかな？」

ときおり勇次の反応を窺うように見あげる顔がたまらなく興奮を煽った。亀頭を柔らかい口腔粘膜で擦りあげられると、ガクガクと膝が震えるくらいだった。

彩未の大胆な行為に面食らったが、親友とやらに教えてもらったのかもしれない。

頭を撫でると、さらに激しく顔を前後に動かしはじめた。

「んぷ、んちゅ、ぬちゅ」

もちろんテクニックはなくぎこちないものだが、その一所懸命な態度が愛おしかった。口の中に溢れた唾液と先走り液を嫌な顔一つせずに嚥下してくれるのだ。そう思うと、勇次はさらに昂《たかぶ》ってくるものがあった。

「彩未ちゃん、そんなにしたら出てしまう」

「んんまま、んんん」

彩未はさらに深く肉棒を呑み込んできた。

亀頭が喉を突いている。

苦しいはずなのに、フェラチオのピッチをさらにあげた。

ペニスは勢いよく勃起し、制御不能に陥る寸前だった。射精を我慢しようとすればするほど、股間の奥のマグマが煮え立った。

「いいよ。すごくいい」

いつの間にか、無意識に彩未の頭を押さえて、腰を前後させていた。

「んぷ、んん、んちゅ、んぷぅ！」

「んくぅ……イクっ！」

勇次は丹田に力を込めると、思いきり精を放った。

射精に全神経が集中し、立っているのがやっとの状態だ。

尿道を駆け抜ける白濁液を勢いよく彩未の口の中に叩きつけた。一発目には驚きのあまり硬直していたが、二発目のときには舌が裏筋を擦りあげ、口腔内を収縮させながら精液を呑み込んでいった。

そこには無心に奉仕する健気《けなげ》な姿があった。

(俺も彩未ちゃんに喜んでもらいたかっただけだった。好きな人を喜ばせる。ただ、それだけで幸せだった)

勇次は射精の快楽に翻弄されながら、ふとそんなことを思った。

2

「その話には興味ないと言ったはずだが?」

勇次は薄暗いバーの片隅にいた。

辰己がしつこく頼み込んできたので仕方なく会うことにした。

室内にはムーディなサックスの音が流れていた。

辰己はひとり機嫌がよかった。

「そんなつれないこと言うなよ」

「そう言われても……」

「古い仲間じゃないかよ」

バーには他に若いカップルがいるだけだった。

辰己に関わるとろくなことにならない。突《ま》っぱねるしかなかった。

少年院では嫌と言うほど辰己の狡猾さを目の当たりにしてきた。最初は親しげにすり寄ってきたので、気を許したが、その後の出来事を鑑《かんが》みるに、とことん自己本位な人間なのだ。

他人など自分のゲームの駒でしかない。

「なんで俺にかまうんだ？」

「それはお前を買っているからに決まっているだろ」

「俺の何を知っているんだ？」

勇次は辰己の目をじっと見た。辰己が目をそらした。

「そんな怖い顔をするなよ……お前が真面目であることくらいは知っているさ」

「真面目じゃない。本当に真面目なら、こんなふうになってないだろ」

それは本心でもあった。

自分にはまっとうな人間に必要な真面目さが根本的に欠けているのではないかと少

年院に入ってから考えるようになった。

「そういうところだよ。そういうところがマジなんだよ。でも、それは信用に足る人間だということだ。他のやつにこんな頼み事なんてできないぞ？」

「そう言われてもな」

「俺らが組めば、うまくいく。そう確信しているんだ。だから、な？」

辰己のいつになく真剣な様子に一瞬ほだされそうになった。

（俺は何を考えているんだ。こいつはこうやって他人の心の隙間に入ってくるのが得意だったじゃないか……）

勇次は多めの金をカウンターに置いて立ちあがった。

「俺とお前とでは棲む世界が違うんだ。もう二度と近づかないでくれ」

きつい口調できっぱり言った。

仕事や彩未との生活で十分なのだ。十分すぎるくらいだ。今の毎日を手放したくなかった。

辰己は先ほどまでとは打って変わって得体のしれぬ笑みを浮かべていた。

「せっかく説得だけで解決しようとしていたのによ」

辰己が一枚の写真をカウンターに置いた。

それに目をやった勇次は驚愕した。

「……!!」

そこに写っていたのは、誰であろう妹の詩穂里だった。

進学校で有名なお嬢様学校の制服を着ていた。どこかの階段の下から撮影したのだろうか、ヒップが丸見えになっていた。よく見れば、妹には似つかわしくない大胆なTバックだった。

(まだ中一だというのになんでこんな派手な下着をつけているんだ!?)

さすがの勇次も動揺した。

「こ、これは……」

「言っておくが、合成写真ではない。最近、取引相手になりそうな外食チェーン店の信用調査をしていたところ、ある筋からこの写真を手に入れた。親切に教えてやったというわけだ」

恩着せがましくそう言ったあと、辰己は唇の端を歪めて笑った。

「たぶん、お前の妹は虐待されているんじゃないか?」

予想外の出来事に勇次は二の句が継げなかった。

帰り道、呆然としながら辰己の言葉を思い出していた。

「……必要なら俺を訪ねるといい。手を貸してやらんでもない」

3

(詩穂里が虐待されているなんて信じられない)

勇次は気づいたら都心にある私立桜薫《おうくん》女学院のそばまで来ていた。

土曜日だったので半休を取ったのだ。最寄り駅に続く通学路と思《おぼ》しき路地にあるカフェに入り、窓際に座った。

桜薫女学院は中高一貫校で校舎は小高い丘の上に建っていた。真面目そうな少女たちが次々と下校していた。

勇次は読書をするふりをしてその流れを観察していた。

やがて、一人のひときわ華奢な少女が現れた。

長い黒髪を他の生徒と同じように三つ編みのお下げにしていた。艶やかな髪が陽を浴びて輝いている。白い肌もあって一人だけ人形のように見えた。

(……詩穂里!)

一年ぶりに見た詩穂里はまだ小柄だった。

身長は百五十センチもないだろう。しかし、記憶の中の妹に比べるとだいぶ大人びて見えた。

胸の膨らみが少し気になったが制服からはわからなかった。

(俺は何を気にしているんだ?)

詩穂里は隣にいる友人らしき少女と談笑しているようだ。

(あの写真は何かの間違いにちがいない)

だが、あの写真を見たせいか、詩穂里が心から愉しんでいるようには見えなかった。遠慮がちというか、愛想笑いをしているようにも思える。

「……詩穂里」

そのとき、詩穂里がいきなりこちらに目をやった。人は他人の視線に気づくというが本当かもしれない。

勇次は慌てて俯いたが、遅かった。

詩穂里が友だちに何か言って、こちらに向かって走りだした。

それぞれ新しい生活を送っているので、妹には会わないほうがいいと思っていたが、もう遅かった。

詩穂里はカフェに入ると、一目散に勇次の席に駆け寄った。何事かと訝《いぶか》った周りの客が詩穂里に目をやった。

目に涙を浮かべた詩穂里は勇次をじっと見下ろしていた。勇次も何から話していいのかわからなかった。

「元気……そうだね」

妹は掠れた声でそう言うとスツールに腰掛けた。

「何か飲むか？」

「え？　うん。じゃ、紅茶か何かで」

勇次は詩穂里の好きだったミルクティを注文した。

「久しぶりだね。俺はいま小さな印刷工場で働いているんだ」

勇次は紙ナプキンに自宅の住所を書いて、それを差し出した。

「いまはここにいる」

「どうしてすぐに会いに来てくれなかったの？」

詩穂里は勇次が半年以上前に少年院を出たことを知らなかったようだ。

母が実業家の雨宮《あめみや》と再婚すると聞いたとき、家族に犯罪者がいては迷惑をかけると考え身を引いた。

雨宮も安堵したにちがいない。

再婚してからは母親と妹は一度も面会に来なくなった。

そういうものだと思っていたので、寂しくなかったといえば嘘になるが、仕方がなかった。

少年院を出てからは、勇次のほうからも接触しようとしなかった。

しばらくして落ち着いた詩穂里は学校での様子などを話すようになった。しかし、家族の話はしなかった。

「お母さんは元気か？」

「う、うん」

「お義父《とう》さんは優しくしてくれるか？」

「う、うん……」

勇次は核心に迫った。

「とっても贅沢させてもらっているわ。有名な私立校にも通わせてくれているし、本当の娘以上に愛してくれているの」

詩穂里はそう言って微笑んだ。

勇次は笑顔が引き攣っているのを見逃さなかった。

たちまち不穏な空気が立ち込めるのを感じた。

4

詩穂里は複雑な気持ちで帰途についた。

港区にある邸宅は高い壁に囲まれた瀟洒《しょうしゃ》な洋風建築だった。

門をくぐると、車回しには高級外車が停まっていた。

ちょうど母の響子《きょうこ》が乗ろうとしていた。目が合うと響子が近づいてきて、詩穂里をそっと抱き締めた。

パーティドレスに身を包んだ母からはきつい香水の匂いがした。本当の母の匂いをずいぶん嗅いでいない気がする。

(ママ……またブラジャーをつけていない)

詩穂里は気づいても表情に出さなかった。

「ごめんなさい。ママは今晩も帰ってこられないと思う」

「……」

「お義父様に……逆らったらダメよ」

「うん……わかってる」

「本当にごめんなさいね」

そう言って響子が涙ぐんだ。

「ママ、泣いたらお化粧が台無しよ」

詩穂里は引き攣った笑顔で取り繕った。

運転手が催促するようにクラクションを鳴らした。

「じゃ、行くわね」

「今日……お兄ちゃんに会ったの」

「え？　勇次に？　元気にしてた？　でも、まさかあなた……」

「ううん、何も言ってない。言えるわけないよ……お兄ちゃんに嫌われちゃうし」

「詩穂里、本当に許してね……」

二人は再び抱き合った。

響子を乗せた車が去ると、詩穂里は一人で忌々《いまいま》しい屋敷に入っていった。すぐに自室に行き、制服姿のままで宿題を始めた。

いつもなら勉強に集中すればすべてを忘れられた。だが、今日は勇次の姿がちらついて頭から離れなかった。

以前と比べてすっかり精悍《せいかん》になった顔立ち。背もずいぶん伸びて、筋肉質な身体はしなやかそうでいて、胸板などは厚く、たのもしい大人の男へと変貌していたのだ。

「……お兄ちゃんが彼氏だったら……」

無意識に出た言葉に、詩穂里は慌てて自らを戒《いまし》めた。

（お兄ちゃんを男として見るなんてありえないわ……）

下唇を嚙みしめていた詩穂里は継父の雨宮を恨んだ。

しかし、どれだけ憎んでも、まだ幼い詩穂里は一人では生きていくことはできない。過保護ともいえる生活は雨宮の策略ではないかと思えてきた。詩穂里を生活力のない子どものままにするのだ。家事もすべて家政婦が行うことになっていたのは、その一環ではないだろうか。

詩穂里は疑心暗鬼になっていた。そもそも母親を人質に取られていては逃げ出せるわけもなかった。

日も沈む頃、聞き慣れたエンジン音が聞こえてきた。

（帰ってきた……）

詩穂里の身体は硬直した。

チリリンと涼やかな音が屋敷内で鳴り響いた。

雨宮のハンドベルだった。

二回鳴らしたのは詩穂里を呼んでいることを意味していた。

詩穂里は重い足取りで自室から出ると、玄関ホールで待っている男の元に向かった。

そこにはスーツ姿の雨宮荘次郎《そうじろう》が立っていた。歳は五十二歳になったばかりだが、額がかなり後退して脂ぎった不気味な光沢を放っていた。クルージングが趣味とかで、日焼けした肌に口髭を蓄えていた。だが、運動自体は嫌悪しているので、身体がだらしなく腹が突き出ていた。

詩穂里は生理的に受けつけなかったが、それを悟られてはならなかった。

「お義父様……お帰りなさいませ。お疲れ様です」

「うむ。お前といっしょにディナーを食べるために、市議会議員との打ち合わせをキャンセルしてきたんだ」

「……ありがとうございます」

雨宮が詩穂里の肩に手を回してきた。それだけで鳥肌がたった。

そしてそのまま、食堂に連れていかれた。

専属シェフがすぐに前菜を準備した。

「今日はこっちの椅子で食べさせてやろう」

「……うぅ」

「なんだ、嫌なのか？」

「いいえ、でも、もう私も中学生ですから……」

「ははは、遠慮することはない。気にせず甘えたらいい。私はお前の父親のような自己中のクズではないからな」

椅子に座った雨宮がこれ見よがしに股を開いた。しかし、わずかに座面が見えるだけだった。

詩穂里は仕方なくその隙間に座るしかなかった。中年特有の加齢臭と煙草臭い息を吹きかけられた。

雨宮は詩穂里の首に鼻を押し当てると音をたてて鼻をすすった。

「……く」

「今日は体育があったのか？　いつもよりも汗の匂いが強いな」

「そんな……やめてください」

「乙女らしいいい匂いじゃないか」

そう言って首筋に鼻を這わせた。

「恥ずかしいです」

顔を覆い隠した詩穂里は臀部で男の分身の存在を感じた。

「それじゃ、下も汗をかいているか調べてやろう」

雨宮が詩穂里の膝を自分の太腿の上に持ちあげたので、さらにひどく開脚することになった。

ジャンパースカートは捲られ、裾をベルトで留められた。

そして、剝き出しになった股間に手を伸ばされる。

「あ……いやぁ……」

「ん？　ブルマを穿いたままか？」

指の感触に違和感を覚えた雨宮は詩穂里の股間を覗き込んだ。

学校指定の濃紺のブルマがそこにあった。グラウンドの土の臭いでもするのか、雨宮は目を細めた。

「どうして学校で着替えなかったんだ？」

「……今日はたっぷり汗をかいたので……嗅いでいただこうと」

「ほお、私に気遣ったのか？」

「……」

「それならもっとたっぷりと匂いをつけてもらうか」

指をくの字に曲げて、雨宮は恥裂部分を擦りあげてきた。

ワンサイズ小さいブルマなので、すぐさま割れ目が浮かびあがってくる。その谷間を執拗に引っ掻かれた。

「お豆ちゃんはここか？」

「ひゃん……あひぃ！」

「どうやら当たりだったようだな」

萎縮している淫核も指の腹でグリグリと力強く押されると、次第に妖しい感覚が身体に広がり、つい背筋を反らしてしまう。

雨宮は詩穂里の上半身をテーブルに倒した。それでなくても食い込んでいるブルマはさらに尻の谷間に食い込んでしまう。

「あああぁ」

双臀に雨宮の太い指が這い回り、不快でたまらなかった。思わずヒップを揺らすと、今度はブルマからはみ出した尻肉を強く摘まれた。

「くひぃ……」

「誰が動いていいと言った？」

三つ編みのお下げにした生え際からうなじにかけて舐められた。

「ごめんなさい」

養父の機嫌を損なえば、どんな酷い目にあうか骨の髄にまで教え込まれていた。詩穂里はあくまで従順な娘を演じるのが得策だとわかっていた。

「どうだ？」

「……ブルマが食い込んで恥ずかしいです。あ、あくぅ」

「お前はもっと強い刺激が好きだろう？」

雨宮はそう決めつけて行為をエスカレートさせていった。

ブルマを無理やり臀部の谷間に食い込ませて、それを乱暴に引きあげたのである。

「Tバックブルマのできあがりだ」

「あっ！」

詩穂里はテーブルに突っ伏した。

股間と会陰、さらに後ろの穴にパンティとブルマが食い込んでくる。なんとか上体を浮かして逃げようとしても、背中を押さえられているので身動きがとれなかった。

さらに空いている手で再び割れ目を弄《もてあそ》んでくる。

後ろから見れば、未熟な尻肉が丸見えになっているはずだ。

そう意識すると腰がくねりそうになる。それを懸命にこらえていると、雨宮が股間を擦りつけてきた。

ズボン越しとは言え、勃起した男根でなぞられるとゾッとした。

「……やめてください。ブルマが伸びてしまう」

「そうなったら新しいのを買えばいい。次はもうワンサイズ小さいのにしろ」

「そんなのじゃ……周りから変な目で見られる」

「いいじゃないか。はみ出したきれいな尻を見せつけてやれ」

雨宮は自分の言葉に興奮したように、熱い息を吹きかけてくる。強弱をつけてブルマを引っ張りあげては、パチンと肉を打つ音を楽しんでいた。

「あ、あんん……く、くひぃん」

「お？　どうやら湿ってきたようだ」

ブルマとパンティで摩擦されて、割れ目に別の感覚も広がり、下腹部が火照ってきた。指で玩弄されると、電流のような痺れが身体を貫いた。

継父の仕打ちに屈辱と恥辱を味わううちに、いつしか妖しい感覚も芽生え幅を利かせるようになってきた。

詩穂里は自分の先行きを考えると怖くてたまらなかった。

（こんな浅ましい姿を誰にも知られるわけにはいかない。お兄ちゃんにも……）

詩穂里は惨めさにむせび泣いた。

だが、なぜか口惜しければ口惜しいほど身体の芯から妖しい炎が燃えあがるのだった。ついに、我慢できずに身悶えさせはじめた。

「今日はいつもよりも反応がいいな」

「もう……やめてください」

兄への想いを打ち消そうとしたが、意識しまいとすればするほど逞しく成長した勇次の姿が浮かびあがってくる。継父とは対極の存在だった。ブヨブヨとだらしのない脂肪もついていないし、手も濃い毛に覆われていなかった。

（どうして、こんな汚いやつに……私は……）

雨宮のズボンの膨らみが詩穂里のアヌスを小突いた。

「何か反応がおかしいな……好きな男でもできたかのか？」

「違います！」

「ムキになるのが怪しい。教師か？　高校生の糞ガキか？」

「……」

「今度、三者面談があるだろう？　そのとき学校で愛し合おう。きっとスリルがあって興奮するぞ」

さすがの雨宮も勇次の存在には気づいていなかった。

しかし、その提案は単なる脅しではないだろう。思いついたら実行せずにいられない性格だからだ。

「放課後、パパに犯される学園一の美少女……ひひひ、興奮するぞお」

雨宮は腰を使い、いきり立った剛直をしつこくぶつけるのだった。

5

夕食後、入浴の時間がやってきた。

「よし、詩穂里の汚れを私が洗ってやろう」

「……はい」

拒否しても無駄なことをすでに悟っている詩穂里は、従順な態度で迎合するしかなかった。

入浴前にトイレに行くことは許されなかった。

服を脱ぐのも雨宮に委ねないとならなかった。

ジャンパースカートとブラウスを脱がされ、純白のスリップの肩紐を片方だけずらされた。

それから三つ編みのゴムを外され、先ほど肩紐をずらされたほうのスリップを下げられた。

「あ……あうぅ、あぁ」

「手で隠すなよ」

薄い胸には半熟の膨らみがはっきりと見えた。完全なお椀形にはほど遠く、やや円《えん》錐《すい》を思わせる女児のような乳房だった。乳首の色素も薄く肌が色づいたような淡いピンク色をしている。それなのに乳首の突起はもう子どもとは思えないサイズだった。

やがてスリップをすっかり脱がされた。

半裸にブルマだけ身につけた姿を雨宮は目を細めてじっと見ている。

そして膝をついて、団子鼻をブルマに近づけると、わざと音を立てながら嗅ぎだした。

「あ……やめてください……」

「さっきのでオマ×コもたっぷり汗をかいたらしく、処女の薫りがプンプンするな」

「あァぁぁ……早く、ブルマを……脱がしてください」

卑猥な懇願をせずにはいられなかった。

「なに色気づいたことを言っているんだ」

「……」

理不尽な叱責に詩穂里は項垂れた。

（早く大人になって自立したい……でも、そんなことを口にしたら、バージンを奪われる……だけど、今までそれ以外は穢された私はまともな女性になんてなれないんだわ……）

雨宮の歪んだ躾を思い返して、詩穂里はぎゅっと手を握りしめた。

人間のお面をかぶった鬼畜は詩穂里を処女のままでいさせる一方で、他はさまざまな辱めを与えてきた。

その倒錯的な状況に詩穂里は混乱するばかりだった。

「仕方ないからパパが脱がしてやろう」

恩着せがましいことを言いながら雨宮がブルマを引きずり下ろしてきた。

少女に似つかわしくない黒いパンティが露呈した。

サイドとバックが紐状で、パンティはかろうじて大事なところを隠しているにすぎなかった。まるで娼婦が穿くような煽情的なものだった。

母親が再婚してこの屋敷に越してから、今まであった女児用の木綿のパンティやスポーッブラはすべて廃棄された。その代わり雨宮が選んだ下着が用意されたのだった。

(こんな穢らわしいパンティを穿かせるなんてどこまで変態なのかしら……)

詩穂里はお尻をさらに大きく揺らして抗《あらが》おうとした。

「こんなパンティ……いやぁ」

「恥ずかしいんだろう？　だが、その感情がお前を慎み深い少女に育てていくのだ」

パンティも脱がされると、シミひとつない美肌が露になった。

ようやく生えはじめた大人の飾り毛も毛根も見えないほど丁寧に剃りあげられていた。

そのせいで、恥丘がこんもりと隆起しているのが丸見えになっている。

「……恥ずかしいです」

詩穂里は身をくねらせた。

恥丘の下にある肉感的な大陰唇はおろか桃色の縦筋までも無防備に晒される結果となった。縦筋はまだ女児らしく短くて、会陰にも入り込んでいなかった。そして清らかな秘部はしっとりと湿り気《け》を帯びていた。

「いつものように処女検査をやろう」

雨宮が割れ目を開くと、クチュッと音が鳴った。

「あっんゥ」

たちまち処女の濃厚な薫りが漂ってくる。継父は目を凝らして花園の谷間を覗き込んだ。貫通を一度でも経験した女なら、膣穴も同時に綺麗な円形を描くという。詩穂里のそこは媚肉が複雑に寄せ合わさっている。雨宮はそう解説しながら指でなぞってきた。

「ここにペニスが入る穴があるんだぞ。だが、今は指一本も入りそうにない」

「あ、やめてください。あ、あうぅ。そんなに刺激されたらオシッコが出ちゃう」

排尿が許されていないので、膀胱が痛くなってきた。

「よしよし、では、風呂に入ろうか」

雨宮家の浴室は総檜《ひのき》造りだった。

本来なら檜の心地よい香りに心癒されるのだろうが、詩穂里にはむしろ忌まわしい匂いとして刷り込まれていた。

朝は母親か家政婦に剃毛されることになっていた。

そのための道具が一式置かれているし、恐ろしいことに和式便器まで用意されていた。

壁には巨大な鏡が嵌《は》め込まれている。

そのそばにはガラス製の注射器があった。嘴口もガラス製のやつだ。詩穂里はその浣腸器を見るたびに生きた心地がしなくなる。

「……お義父様、お風呂に早く入りましょう」

詩穂里は雨宮の出っ張った腹に抱きついて甘えて見せた。

「まずは身体を綺麗に洗わないとな。外側だけじゃなくて、内側からもだ」

非情な笑みを見ると、とたんに抵抗する気力が萎えてしまう。そもそも下手に抵抗するとそれだけ懲罰が加えられるのだが。

「うゥぅぅ……詩穂里のお腹の中も綺麗にしてください」

これから自分の身に起こることを考えると、詩穂里はこんなに不幸な中学一年生は世界に一人だけにちがいないという絶望感に襲われるのだった。

それに追い打ちをかけるように、雨宮が指示してくる。

「今日は、四百だ」

「……いつもの倍ですか!?」

ふだんは二百ｃｃだった。ただ、それは詩穂里が従順なときだけだった。少しでも粗相や反抗的な態度をとると懲罰として百ｃｃずつ追加されることになっていた。それが雨宮家の躾だった。

「どこで私の怒りを買ったかわからんか？」

「……」

「答えられないなら、さらに百追加だな」

雨宮は意地悪くそう言ってほくそ笑んだ。

「お義父様が……お帰りになったときにお出迎えをしませんでした」

「それと？」

「……ブルマを穿いたまま帰宅したことでしょうか？」

「それは私にたっぷりと匂いを嗅がせようとしてやったことなんだろう？」

「は……はい」

「それなら、あのブルマは洗濯せずに来週も穿くがいい」

「ヒッ！　そんな……」

詩穂里は怯えた顔で雨宮を仰ぎ見た。すると雨宮は陰湿な満面の笑みを浮かべていた。

「スカートの中で卑しい匂いをプンプンさせながら授業を受けるんだな」

「あ……あぁあァん、そんな……」

「嫌なら体育の授業が終わったらすぐに脱げばいい。ただ、ブルマの件はお仕置きには関係ない」

「え？」

詩穂里は必死に脳をフル回転させて自分の非を探した。しかし、特に思い当たるところがなかった。

（もしかして、お兄ちゃんと会ったこと!?　いや、わかるわけない）

雨宮が桶に湯を溜めて、そこで石鹸を溶かしはじめた。浣腸液を作っているのだ。

「わからんか？」

「……お許しください。詩穂里はお義父様好みのいい子になりますから」

「じゃあ、いつものように自分で浣腸の用意してみろ」

「……はい」

詩穂里はガラス製の浣腸器を手に取った。ずっしりと重さを感じるのは、半透明のガラスが分厚いからだろう。側面にはメモリがついていた。最大で二百ｃｃとなっている。

泡だった石鹸水が入った桶の前に座った。自分でそれを吸い取らなくてはならない。ガラスが擦れ合う不快な音と、吸引する際に溶液の重量感が伝わり、いつものように悲しくなった。

しかも、きっちりと規定値を守らなければ、浣腸後、やり直しを命じられる。そのため、間違いが起きぬよう五ccほど多めに吸い取った。

「お義父様……ご確認ください……」

恭しく浣腸器を差し出すと雨宮は横柄な態度で受け取り、メモリを確認して腹を揺らした。

「詩穂里は本当に欲張りだな。いつも浣腸液を多めに入れるんだから」

「……ち、違います」

「なかなか素直にならないのも、わざと浣腸をしてほしいからかもしれないな」

「違います……」

「ほれ、そうやってわざと意に反したことを言って、私を興奮させようとしているじゃないか」

「……うぅ」

詩穂里は項垂《うなだ》れ、涙をこぼした。

しかし、雨宮は早く浣腸を受ける姿勢を取れと言わんばかりに、詩穂里の肩を押してきた。悔しくて恥ずかしくて堪《たま》らないが、十三歳の少女は大人に抵抗するには幼すぎた。

ゆっくり立ちあがり、肩幅に足を開き、ヒップを後ろに突き出した。

そして、自らの手で尻たぶを開き、アヌスの窄まりを晒した。

排泄器官とは思えぬほど美しい薄紅色の菊蕾に、すぐさま浣腸器の嘴口が突き立てられた。

「どうしてほしいんだ？」

「……中学生奴隷の詩穂里にたっぷりとお浣腸をして……ウンチをブリブリさせてください……」

さんざん教え込まれた卑猥な口上《こうじょう》を述べると同時に、直腸の中に生温かい液体が流れ込んできた。

「あぐぅ」

一度目が終わると、雨宮は空の浣腸器を詩穂里に押しつけてきた。

詩穂里は再び浣腸液で溶液を吸い取り、望まない懇願をさせらた。

いつものこととはいえ、残忍な性格の雨宮は二本目をわざとゆっくりと注入してくるのだ。

「この小さい身体によくこれだけ浣腸液が入るもんだ」

すでに便意を覚えている詩穂里にとっては耐えがたい苦痛で白い尻が痙攣してしまう。

「……はぐ……早く……お浣腸をして……ください」

「すっかり浣腸好きになったな」

雨宮は浣腸器をグリグリと捻りながら、さらに焦らすように溶液を注入していった。

「あ、あうぅ……本当にお腹が苦しいです……」

大量に浣腸される苦しさに詩穂里は眉間に皺を寄せた。不快感と便意に慣れることはなかった。

詩穂里の気持ちがわかっていながら、雨宮は愛娘の苦しむ姿を見るのが楽しくて仕方がないといったふうだった。

「罰の理由がわかったか？」

「わかりません……あ、あうぅゥああ」

便意に苛《さいな》まれ、何かを考えるどころではなかった。長い髪をうねらせて身悶えつづけるしかなかった。

「では、教えてやろうか？」

「……はひぃ。詩穂里の到らぬ点を教えてください……」

「おまえ、気になる男ができたんじゃないのか？」

「んひぃ！」

詩穂里は身体を硬直させた。

（……お兄ちゃんと会っていたのを目撃されていたってこと!?）

実の兄に会うことはもっとも重い裏切り行為である。そう教え込まれていた。

雨宮は浣腸を止め、詩穂里の尻を鷲掴みにした。指が食い込むほど揉みつけ、嘴口が突き刺さった菊門の周囲を指でねっとりとなぞりだした。

「相手は誰なんだ？　教師か？　どこかの男子か？　ラブレターをもらってその気になったか？」

「そういうのは断っています」

美少女の詩穂里は中学に入学してからその美しさに磨きがかかり、異性からアプローチされることが頻繁になった。歳上である高校生からアプローチを受けることも幾度かあった。心優しい性格が災いして、机の奥にしまっていたラブレターを雨宮に見つかり、ネチネチと尋問されたこともある。

「好意は素直に受け取ってもいいいんだぞ？　また私の前でオナニーしながら、ラブレターを読みあげたいだろう？」

「んっんん……そんなの嫌です……は、早くお浣腸をしてください」

「そんなに浣腸が好きになったか？」

「はい……だ、大好きです……あくぅ」

「こんなスカトロ好きのマゾ中学生が普通の恋愛なんてできるわけがない。それはわかってるな？」

「……はい、わかっています。詩穂里にもっとお浣腸をください……」

尻をピクピクと痙攣させながら、卑屈な懇願をするしかなかった。

「その素直な態度に免じて、今日は四百ｃｃで許してやろう」

雨宮がシリンジを一気に押し込むと、残っていた浣腸液が一気に肛門に流れ込んできた。

「漏らすんじゃないぞ？」

「はい」

嘴口を引き抜かれると、詩穂里は慌てて括約筋を締めた。

そうしていないと下腹部に溜まっているものを一気にぶちまけてしまいそうだったからだ。それでも、意に反して菊蕾が内圧に押されてヒクヒクと躍動しはじめるのだった。

6

「……先にウンチさせてください……お腹が苦しくって」

「我慢してひり出したほうが、お前も興奮するだろう？」

雨宮は自分の股を開いてみせた。突き出た腹から内腿にかけて剛毛で覆われていた。

そこから黒々とした醜悪なペニスがそそり立っていた。

「やることがあるだろう？」

そう言うと肉槍が重たげに上下に動いた。

詩穂里は蒼褪《あおざ》めた顔でそれを見つめた。醜悪な男根は生理的な嫌悪感しか催さなかった。

しかし、雨宮に躙り寄って男根を両手で恭《うやうや》しく包み込むしかなかった。ペニスは握りきれないほどの太さがあった。長さも拳二つ分は優にあるだろう。肉竿には静脈が蜘蛛の巣のように走っていた。

「……お義父様のをどうかしゃぶらせてください」

「よし、いいだろう」

詩穂里は大きく口を開くと、反り返った怒張を一気に咥えた。

ゴツゴツした肉筒を唇で締めつけながら、圧迫感のある裏筋を舌で舐め回した。男根の先端から滲んできた先走り液は喉を鳴らして啜りあげてみせると男は喜んだ。

「おまえはチ×ポが本当に好きだな」

「あんァんあ、あんん……はみゅ、ちゅぷん」

「小学生の頃から英才教育を施した賜物《たまもの》か、風俗嬢でもなかなかここまで上手《うま》くできんぞ」

蔑《さげす》まれても耐えるしかなかった。詩穂里は取り繕うように頷いた。

なにしろ浣腸のせいで蠕動《ぜんどう》運動が激しくなる一方だったからだ。

「……うぅ、んんん」

刺すような疼痛が下腹部に断続的に襲いかかってくる。フェラチオをしているだけで、かなりの努力を必要とした。

しかし、手を抜くことはできないのだ。

上目遣いで雨宮に媚びを売りながら、喉に亀頭が達するまで首を振り立てた。もちろん、舌や唇はいっそう雨宮が喜ぶように卑猥に蠢かしつづけた。裏筋や尿道口など男の感じるポイントも忘れなかった。

「……お義父様のお汁はとっても美味しいです」

息継ぎをするためにペニスを吐き出したときも、両手で愛おしそうにしごいていた。自分の唾液に男の獣臭と饐《す》えた臭《にお》いがブレンドされ、不快で仕方がなかった。

「アイスクリームの代わりにチ×ポを舐めていると知ったら友だちはどう思うだろうな?」

詩穂里はやるせない吐息を漏らしながら、嫌でも想像してしまうのだった。

母親が再婚してからというもの、地獄のような日々が始まった。処女だけは十五歳の誕生日まで守ると約束されたが、それ以外にこれほど残酷な責めが待っているとは想像だにしなかった。

身体は望まない開発を受け、性感は日に日に高まっている。いや、身体だけではなかった。心もまた妖しく昂るようになっていた。

(どうして、お浣腸で感じるの?)

必死で排便欲に耐えているのに、割れ目からは蜜汁が溢れてくるのを止められなかった。

詩穂里は自分の肉体が歪《いびつ》に成長していく気がして怖かった。

(私も……ママのようにいやらしい大人になるんだわ)

響子は雨宮から奴隷妻と呼ばれており、家政婦たちもつらく当たった。さらに雨宮の仕事の接待と称して、肉体接待に駆り出されていた。

「これなら詩穂里にも仕事を手伝ってもらえそうだな」

詩穂里は目を見開いて、顔を前後に振った。

ペニスで喉を突かれるたびに、空嘔吐にむせび泣きそうになるが、雨宮に取り入るように卑屈な行為に励《はげ》むしかなかった。

しかし、そても長くは続かない。

四百ccの薬液が直腸内で激しく渦を巻き、出口に向かって殺到した。我慢できなくなり詩穂里はペニスを口から離した。

「んはぁ!」

「私はまだ満足してないぞ。どうしたんだ?」

「もう我慢できません。どうか……ウンチをさせてください」

「私の顧客にお前のことを話したら、ぜひ見てみたいと言うんだ。どうだ、今度、知らない男の前でオマルに跨がってブリブリとやってみるか?」

「いやぁ……お義父様以外には見られたくないです」

もちろん、雨宮に見られるのも死ぬほど恥ずかしかった。

しかし、自分は雨宮からは逃れられないと観念しているからまだいいが、他人は別である。詩穂里は懸命に頼み込んだ。

「詩穂里は……お義父様だけに見てもらいたいのです。お義父様の前だけでウンチをしたいんです」

「可愛い娘にここまで言われたら、独占欲が擽《くすぐ》られるというものだ」

「……お義父様だけ……がいいです……」

言葉が途切れとぎれになる。下腹部に何度も大きい波が押し寄せてくる。直腸が不自然に蠕動運動を繰り返し、ゴロゴロと腹が鳴る。

(漏れそう……でも、許可なく漏らしたら、絶対に罰が増える)

肛門を懸命に閉じようと試みた。あと一分我慢できるかどうか。

知らない大人たちが見ている前で脱糞するのを想像した。男たちは陰湿な笑みを浮かべるにちがいない。だが、もっとも大きい不安は、便意から解放されたい一心でどんな卑猥なことでも口走ってしまうことだった。

「そんなにウンチを見せたいのか？」

「は……はい。ウンチを見ていただくたびに、お義父様のことを尊敬するようになっています」

「尊敬か……臭いものを嗅がされた甲斐があったというものだな」

「……ですから……」

「まだ、ダメだ。父親を尊敬するのは当然のことだからな。私とお前は血が繋がっていないのだから、本当の家族以上に愛し合わないといかん。私と響子のようにな……わかるな？」

肛門が小刻みに痙攣した。押さえていないと今にも決壊しそうだ。

「……十五歳まで……処女は守る約束……です」

「前の穴はな。だが、アナルセックスなら問題ないだろう」

「ひぃ！」

実際に中学に入ってから数カ月の間、詩穂里は張形や指でアナル拡張を施されていたのだ。

「お義父様のように太いものを入れたらお尻が裂けちゃいます」

「私の顧客の前で公開排便をするか、尻の穴でセックスするか、好きなほうを選ぶがいい」

「あ、あぁ……」

すでに排泄欲は限界に達していた。

粗相しないのが不思議なくらいだ。

それでも懸命に耐えているのは、それだけ雨宮に支配されていることを意味した。

「どっちがいいんだ？」

「……お尻の穴で……お願いします……」

「よし、便器に跨がってたっぷりと出すがいい」

詩穂里は和式便器に跨がると鼻先にペニスを突きつけられた。

それを再び咥えて肛門括約筋を緩めた。今まで堰《せ》き止められていた内容物が茶褐色の濁流となって一気に飛び出した。

「ひぃぃん、んん、詩穂里、ウンチを漏らしてます……んんぁ」

浴室の床に泡まみれの浣腸液が飛び散り、それを追うように内容物がドバドバと吐き出されていった。

我慢させられたぶんだけ、排泄の解放感は強烈な快感だった。

「自分の尻から何が出ているのかわかっているのか？」

「いやぁ……くぅ……んん」

「ウンチしながら、口の中をブルブルと震わせているじゃないか」

倒錯的な快楽に震えながら詩穂里は折れそうな心をなんとか立て直そうとした。

（……お兄ちゃん、助けて……助けにきて）

7

浣腸が終わっても詩穂里の心が安まることはなかった。

雨宮は詩穂里を連れて浴室からさっさと出てしまった。髪が乾ききらないうちに、寝室のベッドに寝かされた。

そして双臀を卑しく揉まれた。

「あんん」

さらに発育途上のヒップの谷間を無理やり開かれてしまう。すぐさま、豚のような荒々しい息遣いを窄まりに吹きかけられた。

「浣腸が効いたと見えるな。肛門が柔らかくなっているようだ」

雨宮は指先で菊門を開いたり押したりして陰湿に嬲ってきた。

「……どうか考え直してくれませんか？」

詩穂里はアナルセックスの生々しい恐怖に戦《おのの》き、尻を忙《せわ》しなく捻《ひね》って抗おうとした。さらに尻朶を強く摑まれ、動きを封じられてしまう。

「その恥じらいでもって私をずっと楽しませてくれよ」

独り言のようにそう呟くと、雨宮は不浄な窄まりを指でグリグリと押してきた。

「あぐ……お尻は嫌ぁ……」

「何？　こっちがいいのか？」

ひひひと下卑《げび》た笑い声をあげてすべすべの割れ目を撫でてきた。

（……どうせ、この人に前も犯されるなら……いっそ諦めても……）

詩穂里は静かに項垂れた。しかし、その態度が継父の怒りに火をつけた。

「何を考えているんだ！　まだ中学生のくせに」

「私ぐらいの年齢でも大人になっている子が多いと聞きます……」

「そこらの色気づいたガキと詩穂里は違うんだぞ!?」

言葉だけを聞けば、娘想いに思えなくもないが、それが逆に継父の倒錯性を示してもいた。

「ヤリマン女はごまんといる。だが、処女のままお尻の穴を開発される女子中学生がどこにいるというのだ。しかも、おまえは進学校に通う優等生ときている。セックスなど何も知らぬという顔をして、その実、尻の穴で感じまくる奴隷になるがいい」

「……」

「小学生でフェラチオに熟達し、中学生で尻穴奴隷。女子高生になって初めてオマ×コを犯されるんだ」

雨宮が鼻息を荒くしながら、さらに執拗に肛門を責めたててきた。

抵抗する余裕もなく詩穂里は悲鳴をあげた。

「いひィぃんん！」

粘着質な指遣いに肛門括約筋がさらに緩み、熱を帯びてくる。いつでも指を挿入できるのに、わざと焦らしてくるのだ。

「ああァあ、あぐんん……オチ×チンは無理です」

「この前は二本の指がすんなり入っただろう？」

雨宮が指を二本にして弾力のある菊蕾の中心部を強く押し込んでくる。指が侵入してくるおぞましさが、詩穂里の身も心も震いあがらせた。

「お義父様のは、もっと太いです……」

「三本入るか試してほしいということかな？　相変わらず欲張りなやつだ。だが、まずは二本で馴らしてやろう」

そう言うと排泄器官を激しく掻き回しはじめた。

何度体験しても慣れない感覚だった。浣腸で弛緩した腸壁を指の腹で擦りあげられると、先ほどあれほど願った排泄時の快楽が蘇《よみがえ》ってきてしまうのだ。

しかも、雨宮は巧みだった。意地悪く肛門をぱっくりと開かせたかと思うと、次には深々と潜り込ませ、さらに指を鈎《かぎ》状に折り曲げて、腸壁を強く摩擦したりもした。

「んあぁ、んァんんひぃ！」

詩穂里は淫乱な血が身体の隅々まで駆け巡るような錯覚に陥った。特に肛門内部はとろ火で炙られるように、ジンジンと疼いて仕方がなかった。

（お尻が灼《や》けそうに熱い……嫌ぁ……感じたくないのに、あぁぁ）

詩穂里はシーツを握りしめて、突きあげた尻を忙しなくくねらせた。

指の節が腸壁に強く押しつけられると、さらにアヌスが過敏になっていくような気がした。

「おお、だんだん色っぽい動きになってきたぞ」

「んん……」

指摘された詩穂里は顔を突っ伏して顔を赤らめた。しかし、継父は髪を無理やり引っ張り、横顔を露にした。

「まだ子供だから感情がすぐに顔に出る」

「見ないで……お尻は嫌なのぉ」

「ほら、三本目だ」

雨宮は二本指で入り口をグッと拡げると、開いた空間にもう一本を追加した。

「あぐぅゥぅん……」

思わず悲鳴をあげてしまう。

それから逃れようとするが、少しでも力が加わると、つい身体を浮かせてしまうのだった。

やがて仰向けの姿勢にひっくり返された。

その直後、雨宮が股間に顔を近づけた。

「尻穴を嬲られて感じると認めろ。ほら、オマ×コが濡れてるじゃないか？」

雨宮は薄笑いを浮かべながら、舌先を無毛の割れ目に伸ばしてきた。中央の谷間をペロリと舐めあげられるだけで、何とも言えぬ卑猥な音が響いた。

「どうして……濡れちゃうの……」

「それはお前が虐められて歓《よろこ》ぶマゾだからさ」

「いやぁ……そんな……」

「響子も真性のマゾ奴隷だった。その血がお前にも流れているんだよ。アナルセックスで一気に開花するかもしれんぞ？」

妄想を膨らませているのか、雨宮はほくそ笑みながら淫核を重点的に愛撫した。複雑に絡み合った膣穴の隙間から源水のように透明な蜜が溢れ出した。それが会陰を伝って男の指に絡んだ。

ヌポッ、ヌチュと卑猥な水音がさらに激しさを増していき、詩穂里の肛門周囲がふっくらと盛りあがり紅く染まった。

「……もうやめてぇ……」

雨宮が指をさらに奥まで送り込み、グリグリと捩ってきた。

身体の深部から爆発してしまいそうな絶頂の予感がした。詩穂里は全身を緊張させ、小さい乳房がプルプルと可愛く震えだした。

（やだぁ、イク……あぁ、イッちゃう）

絶頂寸前で、雨宮は指を引き抜いた。

「あぅくぅぅん」

アナル責めから解放された安堵感と絶頂に達しなかったもどかしさが同時に襲ってきた。

全身に力が入らず、開脚した脚をなんとか閉じようにもうまくいかなかった。

「これからが本番だぞ？」

雨宮は唇を舐めながら、詩穂里の太腿を押さえてのしかかってきた。

出っ張った腹の下から、グロテスクな肉槍が獲物を狙うように息づいている。黒餡を塗りたくったように光沢を帯び、瘤《こぶ》のように膨らんだ先端からは先走り液が糸を引いて垂れ落ちている。

「あ、ああ、あ、あ」

恐怖のあまりに抵抗さえできなかった。

「まずは後ろのバージンからもらってやろう」

詩穂里の双臀の狭間《はざま》に巨大な熱いものが押し当てられた。

「ひぃやぁ！」

玩弄されて緩くなったアヌスに硬い亀頭が触れてきた。強く圧迫されはじめると、慌てて括約筋を収縮させようとしたが、さんざん拡張訓練をされた筋肉は弛緩したままだった。

「ほれ、いくぞ！」

「だ、だめぇぇぇー、あぐぅぅ!!」

雨宮の腹がバウンドした次の瞬間、強烈な感覚が肛門を突き抜けた。腰をがっしりと押さえつけられ、男根がついにアヌスに押し入ってきたのだ。

「お義父様……動かないで……あひぃ、どうか、お尻はやめてください」

「詩穂里はまずはケツの穴を躾けると言っただろう？」

痛みと恐怖に耐えるために奥歯を噛みしめた。

だが、男根が少しずつ前進してくると、胃を押されるような圧迫感につい呼吸を荒くしてしまう。

「あァあぁっ、あくぅ、気持ち悪い……あ、あ……ああ」

肛門が亀頭の一番太い部分をあっと言う間に呑み込んでしまった。

あとは容易に侵入を許すだけだった。

「お尻が壊れちゃう！　裂けるぅ！」

「幼い筋肉には柔軟性があるからそう簡単に裂けたりしない」

「……痛い……痛いです」

「初体験には苦痛を伴《ともな》うと相場が決まっているんだ。耐えるしかない」

雨宮は腰を突き出し、さらに前進してきた。

腸内を太い男根が目いっぱい押し拡げてくる。

「……入ってくる！」

肉竿が半分ほど入ったところで、慎ましい膨らみを揉みだした。

「深呼吸したら力が抜けるぞ？」

詩穂里は言われるがまま深く息を吐いた。すると、括約筋がわずかに弛緩し、痛みが薄れていく気がした。しかし、その直後、雨宮がさらに男根を押し入れてくる。

（ああ、痛い……早く抜いて！）

だが、その願いが叶わないことは重々承知していた。それならば、少しでも痛みから逃れるために呼吸を整えるしかない。

肉棒の根元までアヌスにめり込んだ。硬くて熱い男性器が別の生き物のように蠢くのを否応なく感じてしまう。

「おお、全部入ったのがわかるか？」

「あァあぁ、ああ……」

詩穂里は顔を背けてさめざめと泣いた。

「これで後ろの処女を喪失したな……こんなのは詩穂里くらいだろう。ガハハハハッ」

雨宮が高笑いをするたびに、男根が体内で暴れて腸壁がビリビリと痺れた。

詩穂里はシーツを握りしめて、少しでも早く終わってくれることを願うばかりだった。

しかし、雨宮はそれで終わる男ではなかった。

「少し刺激を加えてやるか」

不意を突かれ乳首を抓《つね》りあげられた。

「くひぃん！」

「尻がチ×ポを強く食い締めてくるぞ」

「……痛い……ちぎれてしまいます」

「尻は嫌、オッパイは嫌。そんな話が通じると思うのか？」

乳首に爪を立てつつ、雨宮は埋没した肉棒をゆっくりと動かしはじめた。ただ、それでも、初体験の詩穂里には苦痛の連続だった。

詩穂里は背筋を反らして、首を何度も跳ねあげた。

だが、ペニスが少し後退して息をつく隙ができるやいなや、雨宮はそれを狙って再び突き刺してくる。

「あゃぃァぁあん！」

その絶望感は筆舌に尽くしがたかった。

「どうだ？　アナルで感じるか？」

「うぅ、気持ち悪いだけです」

詩穂里は黒髪を激しく振り乱した。

「アナルで感じるのも才能だぞ？」

雨宮は雁首を腸壁に擦りつけるようにして、ゆっくりと腰を引いた。乳首に対する玩弄も甘い愛撫へと変化していった。

するとと不思議なもので、挿入時の激痛が次第に消えていった。その代わりに何とも言えぬ掻痒《そうよう》感が湧き起こってきた。

しかも、逸物が出入りするたびにその疼きは快楽へと変わっていくのだ。

（やだ……オチ×チンを抜かれるとき、まるでウンチをするときみたいな感覚がくる……）

ずっと燻《くすぶ》っていた官能の炎が、一気に再点火されてしまった。

「ひぐん……んあぁ、んんんァん」

喘ぎ声を噛み殺そうにもつい洩れ出てしまう。それを知ってか、雨宮はさらにネチネチと責めてこようとする。

「ケツはまだまだ青いが、とても十三歳とは思えない色気のあるくねらせ方をする」

「……」

「だんだんよくなってきただろう？」

排泄に似た妖しい刺激に脳髄まで浸食され、詩穂里は必死に打ち消そうとしても、そのアブノーマルな悦虐に抗うことはできなかった。

（あぁ、この下準備のためにずっとお浣腸されてきたんだわ……いやぁ、ウンチはもう出ないのに……ずっと出しているみたいで変に感じちゃう）

詩穂里はこの先のことを考えると、不安で仕方がなかった。しかし、そんな気持ちさえも強烈なアナル感覚が打ち消そうとしてくる。

「やはりお前にもアナルの才能があったな。ずいぶんとチ×ポに馴染んできたぞ」

あくまでもゆっくりと雨宮は肉幹を出し入れした。

肛門性交に馴らそうとでもしているのだろうか。排泄器官をセックス器官に変身させる儀式のようだった。

「あァあぁぁぁあァあ」

「そろそろ感じてきたか？」

「……お願いですから抜いてください」

このままでは自分が変態になりそうで怖かった。最後の抵抗とばかりに詩穂里は懸命に身体を捩って逃げようとした。

「おまえは本当に手間がかかるな。浣腸もあれほどワンワン泣いていたのに、今では自分から尻を開いてお願いしてくるくせに」

「す、好きじゃありません……」

「嘘を言え。私を興奮させようとわざとそう言っているんだろう？　そのうち、尻を振りながらアナルセックスをおねだりする娘になるはずだ」

雨宮が恐ろしい予言をした。しかし、もっと恐ろしいのは、それを否定できない自分がいることだった。

「仕方ない。最初だからサービスしてやろう」

先ほどとは打って変わって優しげな愛撫だった。

発展途上の乳房を慈しむようにサワサワと撫でてきたのである。その一方で、挿入は次第に速めてきている。そして、引き抜く際にはもどかしいほどの時間をかけてくる。

妖しい快楽が子宮の中でずっと燃えつづけ、絶頂の寸前でひたすら生殺しにされるような感覚だった。

「あー、あァんんん」

「尻の穴がヒクヒクと蠢いて、チ×ポに食いついている。わかるか？」

「止まらないの……あぁ、あああ、腰が動いちゃう」

「キスをしてやるから、舌を出せ。愛し合いながら初体験をさせてやろう」

その焦らしに耐えられなくなり、詩穂里が自ら舌を伸ばすと、すぐさまそれを絡み取られてしまった。次の瞬間、雨宮は急にピストン運動を激しくしてストロークを自在に操った。

「んぐぅんん、んんんゥぐん！」

剛直で菊門を思いのままに玩弄していく。

詩穂里は舌を絡ませたまま離れることができなかった。強制的とは言え快楽の頂点に昇りつめていくのを自覚していた。

（お尻なのに……こんなに感じちゃうのはなぜ？　んあぁ、おかしくなっちゃう！）

雨宮に抱きあげられ、対面座位の姿勢になった。体重のせいでペニスがいっそう奥まで侵入してきた。

「奥に入ってくるぅ！」

潤んだ瞳は焦点を失い、半開きの口には雨宮の唾液が流し込まれた。

いつしか、だらしのない身体に脚を絡みつかせ、快楽に喘いでいた。急角度に迫り出した肉槍に腸壁肉を掘削されるように擦りあげられた。

驚くほど大きく拡がったかに思える肛門の入り口も、肉幹に必死に食らいついて反撃していた。

(お尻が捲れちゃう……でも、腰が勝手に動いちゃう)

嫌悪する雨宮の突きあげに同調するように、小さい双臀がリズミカルに同調した。

少しでも雁首で腸壁を摩擦されて、アナル快楽を貪《むさぼ》ろうとする浅ましい行為だった。

(こんな快楽を知ったら……ダメな女の子になっちゃうのに……)

頭の中で警報が鳴り響いていた。それなのに詩穂里はさらに抱きつき、懸命に腰をくねらせてしまう。

「思ったよりも早くアナル中毒になりそうだな」

「感じちゃう……お尻で感じちゃうの……」

雨宮を見あげて詩穂里は本音を語った。瞳はトロンと妖しく輝き、半開きの口からは唾液が溢れている。それを舌で気怠《けだる》げに舐めとっていく。

「何が欲しいか言ってみろ?」

雨宮は突然動きを止めた。

肉棒だけがわずかに直腸内で拍動している。

それだけのことなのに、詩穂里には耐えられないほどの快感が広がっていく。

「……お義父様のオチ×チン……オチ×チンが欲しいです」

「どこに欲しいんだ？」

「んあぁ、あァあああぅぅ……詩穂里のウンチの穴にお願いします」

そう口に出してしまってから、詩穂里は心の中で何かが折れるのを感じた。かすかな理性でそれを感じたが、雨宮が激しく動きはじめると、暴力的なアナル快楽にあっさりと溺れていくのだった。

目の前が真っ白になり、チカチカと火花が飛び散った。もう絶頂はすぐそこまで来ていた。

「おお、たまらん。チ×ポを食いちぎらんばかりに締めつけてきやがる」

雨宮が華奢な詩穂里の身体をぐいっと引き寄せた。

「ひぃいい、もうだめぇ！　イク、イクゥ！」

「こっちも出すぞ！」

詩穂里は激しく上下に揺さぶられた。結合部からは肉同士の奏でる粘液音が聞こえてきた。

「あぁひぃイぃーャん、イクゥーーー!!」

「おおおお、出すぞ!! 尻の奥に熱いのをたっぷりとぶち込んでやる！」

咆哮《ほうこう》をあげながら雨宮が腰を打ち込むと、剛直が猛々《たけだけ》しく痙攣しはじめた。そのたびに、身体の中に熱いものを叩き込まれていった。

詩穂里もまた自分でも怖くなるほどアヌスを痙攣させながら、無意識にペニスを締めあげていた。

「お義父様のが跳ねています……あぁ、熱い。熱いぃぃ！」

詩穂里は初めての圧倒的な快楽に全身が暴走し、激しく震えながら昇りつめた。

十三歳の幼い肉体にアナル快楽を植えつけられてしまったのである。

意識が薄れゆくなか、ふと詩穂里が会いたくて堪らなかった兄の姿を思い浮かべた。

「……お兄ちゃん、助けて……私を助けてぇ……」

それは言葉にならず、雨宮には聞きとることはできなかった。

第三章　禁断の母娘鬼畜調教

1

「何が勝手に暴走するな、だ」

辰己は車で湾岸を飛ばしていた。

いまは上野を拠点とする暴力団組織の構成員になっていた。そもそも逮捕されたのは親同然だった組長から頼まれたからだった。

しかし、入所中に組長は突然死し、後を継いだのは、意外なことに第三勢力のトップの男だった。

第二勢力の有望株である跡目候補も行方不明になっていた。現組長の鷲津《わしづ》は棚からぼた餅で今の地位についたことになる。どこかのんびりした気質は辰己を苛《いら》つかせてならなかった。

辰己が鷲津とのやりとりを思い出し、アクセルを踏み込んだ。

（あんなにおいしい案件はそうそうないぞ）

辰己は自分の手駒として使いたい勇次を引き入れるために、アキレス腱である母と妹の素性《すじょう》を調べた。継父の雨宮はかなりの資産家で高級会員制のレストランまで経営していた。

たいていはどこかの大きい組がバックについているものだが、その地区で抗争があった際、ちょうど空白地帯になっていたのだろう。

（あの成金野郎だけでなく、雨宮の顧客も一気に獲得するチャンスじゃねえか！）

巨大なビジネスチャンスが転がっているし、しかも、脅しのネタには事欠かないときている。雨宮が義娘の詩穂里に対して性的虐待をしているのはほぼ黒だと睨んでいた。

（そんなことが明るみになればそうとうなイメージダウンになる。脅せばイチコロだろうに……）

それだけに鷲津から邪魔される現状が歯がゆかった。

(手札が揃わないと動かないだと？　他の組が手を出したらどうすんだ)

前方でのろのろ走っている車をこれみよがしに追い越した。

しかし、ふと思いついた。

なにも鷲津に従うことも義理もないのだと。

まるで憑き物が落ちたような気分だった。

(しかし、勇次にあれを教えたのは軽率だったか？)

勇次は妹を助けるために動くだろう。だとすると、どこかで障害となるかもしれない。

(いや、ここは俺が母と妹を助けたと勘違いさせて、恩を売るのが得策だな……それにしても、虐待を知ったときのやつの顔は傑作だったぜ)

勇次の顔を思い出して、辰己はクックッと嗤《わら》った。

辰己は都心にあるイタリアンレストランの駐車場に車を停車させた。ここは会員制ではないが、客層を絞る店作りをしていた。閉店間近なので、車もほとんど停まっていなかった。

入店すると、すぐにいかにも清潔そうなウェイトレスが出迎えた。

「ラストオーダーがそろそろですが、大丈夫でしょうか？」

「ああ……」

辰己は横柄な態度で応えた。

奥にある半個室の席に案内された。

ウエイトレスを呼ぶと、メニューを開いて指でそのページ全体を指し示した。

「お客様、ご注文は？」

「は？　ここにある全部だよ」

「え？　はい……」

接客に慣れたウエイトレスもさすがに戸惑っている。

「さっさとしてくれ。俺は腹が減ってるんだから」

「は、はい。かしこまりました」

わざと大声を出して相手に脅威を与える。ときどき辰己が使う手だ。

しばらくすると、ワゴンでさまざまな料理が運ばれてきた。

テーブルには明らかに一人では消費できない量の皿が載せらせた。ウエイトレスは必死で並べたが、一部はワゴンに残されたままだった。

「これはオーダーどおりなのか？　こんなもの頼んだか？」

憐れなほど動揺しているウエイトレスは一刻も早くこの場を立ち去りたいといった

ふうだった。それを見た辰己はますます嗜虐心を募らせていく。

「指で指したのはこれだぞ？　俺は大食いチャンピオンか？　誰がこんなに食うんだよ」

今度は難癖をつけはじめる。

そのとき、ついにオーナーと思《おぼ》しき男が現れた。

雨宮だ。

辰己は雨宮がいる時間帯をあらかじめ調べていた。

「お客様、なにか問題がありましたでしょうか」

ウエイトレスは俯いて後退った。

「問題？　問題があるとしたら、そっちじゃないのか？」

雨宮は顔色ひとつ変えずに対応している。

「君はもういいから、下がりなさい」

「はい……」

ウエイトレスは小走りで立ち去った。

辰己は雨宮を見上げ、そのまま無言でいた。

「……」

「……」

雨宮の心理を読むため、瞳孔や表情を観察したが、なかなか心の内を覗くことができなかった。

(これは手強《ごわ》い相手かもしれない……だが、娘との関係をいま持ち出すのは時期尚早だろ)

沈黙に耐えかねて口火を切ったのは辰己のほうだった。

「あんたの店はどういう教育をしているんだ?」

雨宮は深々と辰己に頭を下げた。

「本日はご迷惑をおかけしました。お代はけっこうですので、お引き取りくださいませ」

「なんだ、その言いぐさは！　それが客に対する態度か?　舐めるなよ?」

「この店は堅気の方を対象としておりまして、それ以外の方にはこうしてお断りしているだけですので、どうかお気になさらずに」

「なんだと！」

辰己は凄みながら、この相手には通用しないことを悟った。

(なんだ、この落ち着きようは。バックがいるのか?)

ポケットの中に隠し持っているナイフに触れた。

いつのまにか店内は薄暗くなり、辰己のいるテーブルだけに照明が灯されていた。スタッフも帰ってしまったようだ。

雨宮も椅子に腰を下ろして、辰己と対峙した。

「では、君の本当のオーダーを聞こうか？　みかじめ料を寄越せなどというケチな話でもないだろう？」

「ふん……」

「私がこの店にいるときを狙ってきたんだろ？　丸腰のまま来るわけがない。そのポケットにある武器以外に何か私を脅すものがあるんだろう？」

辰己はビジネスの話でもするように冷静な口調だった。

「この店は単なるお飾りだろ？」

雨宮は辰己の言葉にむしろ喜ぶような顔をした。

それは別のビジネスで桁違いの利益を出していることを辰己が知っていることに気づいたとでもいうように。

「君はどんなビジネスを手がけているんだ？　外の外車はいくら裏社会の人間とはいえ君くらいの年齢で手にすることはできないはずだ」

「ビジネスねえ。まあ、薬も扱うが、女のほうが儲かる」

「ほぉ」

雨宮が興味を示した。

「たとえばさっきのウエイトレスは上玉だから、かなり稼げる」

「何人くらい斡旋できるんだ？」

辰己がデートクラブを仕切っていることを見抜いているようだ。

ここは主導権を握らないとならない。辰己はカードを切った。

「あんたが可愛がっている娘ほどじゃないが、それに近いのが十人くらいはいるぜ」

「なるほど。そこまで調べているとはな。君の調査能力もなかなかだ」

「舐めてもらっては困る」

「では、商談成立だ。俺に少女を回してくれれば私の顧客に斡旋しようではないか」

雨宮が手を差し出してきた。

辰己も手を出すと、雨宮は力強く握ってきた。思いのほか、非力ではなさそうだ。

対等ではないことに口惜しい思いもあったが、まずまずと言える結果に満足してもいた。

2

赤坂の裏通りに雨宮の所有する会員制レストラン「グルニエ」があった。ある国の大使館を買い取ったものらしい。建物の内部は改修してあるが、外部は以前の面影を残していた。


後日、辰己は雨宮に連れられて「グルニエ」に入っていった。

内装にも気を遣っていて異国情緒溢れる調度品が並んでいた。間接照明が功を奏し、品のある高級感を醸していた。

二人は二階の奥まった個室に案内された。先導するのは支配人だろうか。髪型にも手入れの行き届いた身なりのしっかりした若者だった。

「響子はいるのか？」

雨宮が座るなりボーイに尋ねた。

ボーイは少し動揺したように見えた。

「奥様は本日の出勤予定ではございません」

「そうだったか……じゃあ、代わりに佳純《かすみ》を連れてこい。あと、響子に連絡して、詩穂里を連れてくるように伝えろ」

「かしこまりました」

ほどなくして一人の女が現れた。

「!?」

辰己は思わず魅入ってしまった。

佳純は身体にぴったりフィットしたスーツに身を包んでいた。タイトスカートから伸びた美脚は見事だった。

やや影のある顔立ちは驚くほどの美貌である。それもそのはず、佳純は、いまグラビア界で人気のグラドルだったのだ。

ジャケットから溢れんばかりの巨乳は迫力満点だった。年齢は確か二十三歳だっただろうか。身体中が肉感的でムチムチしていた。

「まさか要《かなめ》佳純とは！」

「本物だぞ？」

雨宮は珍しく嗤《わら》いながら、佳純の尻をそっと撫でた。

「こういう恰好もいいだろう？　肌の露出がないほうが私は好みだ」

雨宮の話によれば、佳純は以前一流企業のＯＬだったという。だが、仕事のストレスによる浪費でカードローン地獄に陥った。そこで高給のこの店で働きはじめたそうだ。

佳純に斡旋したのは部長だったが、その部長は雨宮の顧客でもあった。佳純は部長と雨宮の慰みものにされたあげく、やがてグラビアアイドルに転身した。もちろん、その橋渡しをしたのも他の顧客だった。

「……どうせ、すぐに脱がされるんでしょう?」

ふっくらとした唇を尖らせて佳純は厭味を言った。

「おまえは他のグラドルとは違うんだ。水着姿を撮影されて、はい、おしまいじゃないんだ。本業はオマ×コにチ×ポを突っ込んでもらうことだろう?」

わざと下劣な顔をして雨宮がそう言うと、佳純は悲しげに眉をひそめた。

それを見た辰己は嗜虐欲を募らせた。

「ずいぶんお高く止まってるんだな。グラビアではあんなに媚びを売っているのに」

「……」

佳純は顔を曇らせた。佳純目当ての男たちはグラドルとして佳純を愛でるのだろう。そうすることで娼婦よりも鮮度を保てるのかもしれない。辰己はふとそんなことを思った。

これも雨宮の配慮にちがいない。

「少女を仕入れるのは簡単なことだ。だが、あんたなら、アイドルとかモデルにして付加価値をつけることができるんだな？」

「すべてビジネスだからな」

雨宮はそう言ってワインをあおった。

「それなら、田舎娘を仕込むのもいいだろう。餌をちらつかせればいくらでも騙せる」

雨宮は満足そうに頷いている。

そのとき佳純がそっと辰己に近づき、膝の上に座った。

「さすがに手入れの行き届いた身体だな」

辰己は不敵に嗤うと、佳純はズボンに手を伸ばし、ペニスを露出させた。

雨宮が思わず感嘆の声をあげた。反り返った陰茎のてっぺんに異様に大きな亀頭があったのだ。

「ほほう、なかなかの逸物を持っているんだな」

辰己は立ちあがり、佳純の目の前に肉棒を突き出し、誇示するように亀頭を左右に振ってみせた。

「……うぅ」

「ほら、しゃぶってみろ」

佳純が一瞬雨宮のほうを見た隙に、ペニスを口にねじ込もうとした。しかし、亀頭が多きすぎてたやすく中に入ることはない。

辰己はそれでもぐいぐいと押しつけると、佳純は口を目いっぱい開いて、なんとか呑み込み舌先を絡めた。

元来サディストの辰己はさらにペニスを突き出し、佳純を責め立てた。佳純はいったんえずいて目から涙を溢れさせた。だが、さすがにプロ根性を見せて、行為を中断することなく、フェラを続行した。

「どうだ？　俺のは」

「……」

佳純の舌や唇の動きは淫らさを極め、男のポイントをしっかりと押さえていた。部屋には淫猥な粘着音が鳴り響いた。

普通の男ならものの数分で果ててしまうだろう。

「……ちゃんと仕事に励むんだ」

「んん、んんん」

しかし、辰己は平然としていた。佳純が苦しむのを見下ろしながら、ときおりペニスを突き出すことを繰り返した。

「おら、もっと喉の奥で奉仕しろ」

佳純の髪を引っ張って、一気に喉の奥までぶち込んだ。

「んぐぐゥぐん、ぐぅん！」

目を白黒させながら、佳純は抵抗しようとしたが、それを見た辰己はますます昂《たかぶ》って口の中を肉棒で引っ掻き回して、唾液と先走り液を攪拌《かくはん》させて弄《もてあそ》んでいた。一方の佳純は息苦しさに耐えかねたのか、少しでも早く終えようと奉仕に集中した。

「ちゅぷ、ちゅぱん……んぐぅ、ちゅぷ」

佳純は髪を振り乱し、ブラウスの胸元を波打たせた。

「そろそろその売り物を見せないのか？」

「……」

「パイズリするなら、フェラチオを勘弁してやってもいいんだぜ？」

ペニスを咥え込んだまま佳純は素直に頷いた。

辰己はソファ席に移動し、そこにふんぞり返った。

佳純は床にひざまずくと、ジャケットとブラウスを脱いでいく。たちまちメロンのような豊乳がブルルンと姿を現した。重量感たっぷりの巨乳に、乳輪もやや大きめで、ピンク色の粒を浮かばせていた。小指の先ほどの乳首はすっかり尖っている。

「グラビアアイドルの生のパイオツはさすがだな」

「……」

「褒めてくれたんだから、ただデカいだけでないところを見せなさい」

雨宮が佳純を叱責した。

「……これでどうかお楽しみください」

佳純は巨大な逸物を見事に突き出した乳房の谷間に深々と挟み込んだ。滑らかな肌と弾力に辰己も内心ほくそ笑んでいた。佳純はさらに乳房を上下に揺らして摩擦した。

「辰己くんのは巨根だから、佳純も嬉しいんじゃないのか？」

「はい……普通のお客様は挟むと亀頭も隠れてしまいますが、辰己様のはこんなに飛び出しています」

確かに幼児の拳ほどもある亀頭が顔を覗かせている。鈴口からは滔々《とうとう》と牡汁が溢れ、それを佳純はペロペロと舐め取った。

「巨根だとこういうサービルも受けられるわけか」

「はい……少しでも楽しんでもらえるように……」

「佳純並みにエロい牝を仕入れて調教すればいいんだな？」

辰己は雨宮の同意を求めた。

「こちらはロリータが管轄外だ。それは君に任せたい」

価値観の近い者同士だと話が早い。

辰己は雨宮とならうまくいく気がした。

「おら、パイズリの手が緩んでるぞ」

そう言って、辰己はペニスを佳純の口にねじ込んだ。

その一方でスカートの奥の割れ目を靴先で荒々しく小突いた。

「んぐぅん、んんん」

「安心しろ。おまえみたいなデカパイは存在価値がある。さすがに中高生にはめったにいないからな」

辰己はやがて現れる勇次の母親と妹のことを考えた。自分と勇次との関係を明かすつもりはなかった。勇次という駒が雨宮のジョーカーにもなりえると思うと声を出して笑いたくなる。

「もっと丁寧に舐めろよ」

「ひぃィん!」

「仕方ねぇな。ほら、尻を突き出せよ」

辰己に後ろ向きにされスカートを捲《めく》りあげられ、たちまちパンティをずり下ろされた。

そしてあっというまにペニスを膣に突き刺したのだった。

「ああ、き、キツイ!」

「これがグラドルのオマ×コか? ほほう。なかなかいいじゃねえか。この締めつけがたまらない」

お世辞ではなく辰己は佳純の膣の締まりに感嘆していた。膣襞が微妙に肉竿に絡んでくるのだ。調教の賜物だろうが、子宮口を突くたびに波打つように収縮を繰り返した。

お礼とばかりに、辰己は巨大な肉茎を激しく出し入れさせた。

佳純は呆けたように唾液を垂らしながら、剝き出しの乳房を激しく四方八方に揺らした。

「あひぃァんん、いやぁ……大きい、大きすぎる! あひぃィひゃあぅあんん!」

「すごいよがりっぷりじゃないか。いつもクールと称されるのが信じられんな」

雨宮の揶揄も聞こえていないのか、佳純はもっと快楽を貪ろうと尻を大きくグラインドさせた。

「んあぁ、オチ×チンで奥を抉られる！」

「おら、おら、これでどうだ？」

肉の深層まで思いっきり掻き回され、もう後に引けない状態のようだ。軽い絶頂に何度も達しているようで、さらに激しく喘いだ。

薄ら嗤いを浮かべて辰己は尻を叩きながら、巨大な肉砲を打ち込んだ。

「イクっ……イッちゃう。あぁ、あァあぁぁ、イクーーーーー!!」

佳純はテーブルに突っ伏して、上半身を痙攣させ絶頂に達した。

響子と詩穂里の来店が知らされたのはちょうどそのときだった。

3

着衣の乱れた佳純は呆然として腰が抜けたようになり、スタッフに支えられながら部屋から退出していった。表情は安堵したようでもあり、快楽に陶然としているようでもあった。

詩穂里は母親の背後からそれを覗き見た。

響子はイブニングドレス姿で詩穂里は中学生らしくTシャツにミニスカートという服装だった。

（私も……あんなふうになるの!?）

手の震えが伝わったようで、響子が詩穂里の身体にそっと手を添えた。

「……このような場所に娘を呼ばないでください」

響子は雨宮の姿を認めると、そうお願いした。

「それはどういう意味だ？　これも立派なビジネスだ。おまえたちがのうのうと暮らせるのも、誰のおかげだと思ってるんだ？　お嬢様育ちで馬鹿に騙されたおまえを拾ってやったのは私だぞ？」

「……」

母親の身体が小さく震えていた。

詩穂里の父親はアルコール中毒で、幼い頃から家庭内暴力が絶えなかった。響子は雨宮の言うとおり箱入り娘のまま育ったため、男を見る目もなかった。その結果、あの事件へとつながった。

勇次が父親を殺害し少年院に入ったあと、生活力のない響子は困窮した。

パートの職に就いても長続きするわけがなかった。それがどこでどう知り合ったのか、雨宮と再婚することになった。詩穂里としては兄が少年院を出るまでは再婚してほしくはなかった。そうした不満はあったが、生活を考えると母親を責めるわけにはいかなかった。

(でも……私はママのような弱い人間にはなりたくない)

勉学に励み、自立した女性になりたかった。しかし、雨宮の「教育方針」は詩穂里の願いとは真逆のものだった。

雨宮の隣には爬虫類を思わせる冷徹な目をした若い男がこちらをじっと見ていた。

(お義父さんと同じ目をしている……)

雨宮が辰己を紹介した。新しいビジネスパートナーだそうだが、愛想などまるでなく得体の知れない男だった。

「思っていたよりも可愛いじゃないか」

「自慢の娘だからな」

雨宮が相好を崩して、詩穂里のほうに近づいてきた。

「あなた……詩穂里には手を出さないでください」

「それはお前の心がけ次第だ。ほら、いつものようにやってみせるがいい」

雨宮が指を鳴らすと、強い照明が響子を照らし出した。

「せめて……娘の前は……」

「グダグダ言っているようなら、詩穂里も巻き込むことになるが？」

雨宮は詩穂里を辰己のところに連れていき、ミニスカートから見える太腿をゆっくりと撫で回した。

それを見た辰己も遠慮なく内腿に手を伸ばした。

痺れを切らした雨宮が低い声で命令した。

「さっさとするんだ」

「……わかりました……」

「……ママ」

詩穂里が駆け寄ろうとするが、たちまち押さえつけられてしまう。

「見ないで……」

響子は悲痛な叫び声をあげた。

「これから、ストリップの始まりだ」

雨宮が詩穂里の髪を摑んで顔を背けさせまいとするなか、響子はドレスを脱ぎ、黒いキャミソールを肩から落とした。ブラジャーとパンティだけの姿になったが、ブラジャーは乳房が丸見えのオープンカップのものだった。佳純ほどではないが、お椀形の乳房はフォルム、サイズともに男心を擽《くすぐ》る悩殺的なものだった。

詩穂里の目から隠れようと上半身を斜めにしていたが、雨宮が詩穂里の靴下を脱がそうとすると、慌ててブラジャーのホックを外した。

ワイヤーを外されても年齢のわりにまったく形の崩れてない乳房は突き出たままだった。

さらに覚悟を決めた響子はパンティを太腿にすべらせ、捻れたパンティを抜き取った。そして、すぐに手で胸と股間を隠して身を捩った。

「足を開いて、両手を後ろに回すのが作法だろう？」

間髪を容《い》れずに、雨宮が指示した。響子は嗚咽を洩らしながら、腕を後ろで組み、肩幅に足を開いた。

再婚してからというもの、常に母親はこういう悲惨な目にあってきたのだろう。完全に服従している姿を目の当《ま》たりにして詩穂里は自分の無知を恥じた。いや、知りたくなかったから、目を背けてきたのだ。娘の前で身を晒さなくてはならない母の惨めさを思うと頬を涙が流れた。

「あ……あぁあ、ママ」

すぐ目の前に母はいる。

(再婚してから、私とお風呂に入ってくれなかったのは……)

母親に甘えたいときもあった。そのたびにやんわりと拒絶されたが、今となっては
その理由が痛いほどわかった。

股間には本来あるべき飾り毛がなかったのだ。下腹部では陰唇が剝き出しになって
いた。だが、それがまた倒錯したエロティシズムを醸していた。

「こいつはいいや！　パイパン熟女か。だが、奴隷に相応《ふさわ》しいじゃねーか」

辰己が下品に笑った。

「お客様に改めて自己紹介するんだ」

雨宮が詩穂里の胸を揉みながら響子に促した。

「……雨宮響子と申します……四十三歳です」

「とてもその歳には見えないだろう？」

雨宮が珍しく自慢げに言った。辰己はしきりに頷いたあと、大げさに驚いてみせ
た。

「さすが趣味がいいな、嫁にするとは」

「すでに調査済みだろ？」

「だが、ここまでの上玉とは知らなかった」

雨宮は響子のほうに向き直った。

「さてそろそろオナニーショーといくか」

「……ひぃ、娘の前でそのようなことは無理です」

「それなら詩穂里に浣腸ショーでもやらせるか？」

「ひぃ、私がやりますから……そのようなことは……」

響子はゆっくり腰を下ろして股を開くと、そっと割れ目に手を滑らせていった。尖りの包皮に指を載せ、そこを擦りはじめた。

「あ、あ、あァぅ……くぅひぃん……」

自然と目を閉じ、口を半開きにした。

「ちゃんと娘の手本になるように股を拡げるんだ」

そう言って雨宮は詩穂里の股を開いて響子に促《うなが》した。

それを見た響子は太腿をぴくぴくと痙攣させながら脚を百八十度近く開いた。

さらに空いているほうの手で乳房を優しく揉みしだいた。そして次第に荒々しくさせる。

「あぅんん、あくぅ……ああん」

声に艶が帯びはじめる。家では聞いたことのない声だった。

早く快楽に逃げたいとでもいうように熱の籠った動きだった。ほっそりとした指の動きがリズミカルになっていく。白濁した粘液が割れ目から溢れ出し、それを指で掬い取っては、充血して赤くなった陰核に擦りつけた。そうかと思うと、今度は指で挟んだり、捏ねたり、軽く弾いたりを繰り返した。そのたびにボリュームのある双臀をくねらせていた。

股間もしきりに開閉させ、爪先立ちになって快楽に溺れていく。

「あくう……」

黒髪が汗ばんだ頬に張りついている。

（ママ……なんて、いやらしい顔をしているの……）

詩穂里はなんともいえぬ胸の痛みを感じた。

雨宮は詩穂里の表情を見て傷に塩を塗るようなことを言う。

「響子は確かに美人だが、奴隷としてはもうピークを過ぎている。そんな女とどうして結婚したかといえば、こいつがいたからに決まっているだろ？」

雨宮は詩穂里の服を捲りあげて、未熟で頼りない乳房を露にした。詩穂里は慌てて隠そうとしたが、今度は辰己が押さえつけた。無防備に晒された蕾を男たちの手が芋虫のように這っていく。

憎しみの籠った視線を雨宮に向けたが、辰己に髪を引っ張られ、響子のほうを向かされた。

母親は悲しい喘ぎをこぼしながら、指を膣に入れて激しく掻き混ぜていた。手の甲にまで粘液が絡みつき、床にはいつの間にか小さな水たまりができるほど濡れていた。

頬を上気させた響子はやがて尻を床に落とすと、脚を投げ出した。膝を上下させつつ、柔肉を痙攣させていた。

「お前もいずれ母親のように淫らになるんだ」

4

「次は詩穂里ちゃんの番だよ」

雨宮が気持ちの悪い猫なで声を出した。そして詩穂里を立たせると、ミニスカートのホックを外した。

詩穂里も観念しているとはいえ、いざとなるとどうしても肉親の視線を意識してしまう。

「……」

躊躇していると、雨宮が顔色を曇らせた。

「浣腸してやってもいいんだぞ?」

「わかりました。言うとおりにしますから……」

渋々服を脱いでシルク地のシュミーズと少女にしては大胆すぎるTバックを晒した。

「ガキのくせに色気づいたものを着てるな」

辰己の揶揄に詩穂里は身体をくねらせて恥じらった。

自分の身体に絡みつく男の視線から逃れるような動きだった。それを見ながら辰己がさらに続けた。

「高い位置で膨らんだオッパイ、幼児体型を思わせる腹、それにプリプリしたケツなんかはまさに理想的なロリータだな」

「母親と見比べてみようじゃないか」

すっかり裸にされた詩穂里は響子の隣に並ばされた。

母親からは嗅いだことのない発情した濃厚な牝の薫りがした。

「あぁ……ママ」

「……詩穂里ちゃん……許して」

強烈なライトが二人を照らし出した。詩穂里たちは肩を寄せ合うように震えていた。

「母娘《おやこ》丼は売りになるだろうな」

辰己が二人に聞こえるようにわざと言う。

「若いのにずいぶん趣味がいいようだな」

「血を分けた母と娘の類似点は面白いものだ」

背丈は響子のほうが頭一つ分ほど高いが、母親の肉感的な曲線と娘の華奢な身体つきの対比が二人を喜ばせているようだった。乳房や無毛の性器に向けられる視線は異様なものがあった。

辰己は詩穂里が先ほど脱いだ紐のようなパンティを手に取った。

「いまはブルセラが人気だ。そういう顧客は用意できるのか？」

「名門校の理事や校長も顧客にいる」

「そうか。じゃ、話が早い」

そう言って辰己は電話器を取ると、どこかに電話した。そして、チラリと響子と詩穂里のほうを見た。どうやら、相手に二人の特徴を伝えているようだ。

「どこに電話したんだ？　勝手なことをされては困る」

「俺の忠実な部下だから安心してくれ。面白いモノを見せてやるよ。それまでは……」

辰己はおもむろに部屋にある棚の扉を開けた。

「やはりな……」

そこには大小さまざまのバイブや張形などの性具がずらりと並んでいた。辰己はその中でも禍々《まがまが》しいバイブを手にとって、それを響子に差し出した。

「さっきのオナニーショーはなかなかのもんだったが、今度はこれを使ったらどうだ？」

響子は唇を噛みしめて相手を睨んだ。

しかし、辰己は陰裂から顔を出したサーモンピンクの肉豆を指でぐりぐりと撫で回した。

「あァひぃん……あぐぅ！」

「ほら、さっさと持てよ」

無理やりバイブを持たされた響子は声を震わせた。

「どこまで私たちを嬲れば気が済むの？　せめて私だけにしてください」

「そこで横になってオナれよ。代わりに娘にさせてもいいんだぜ？」

辰己が脅すと響子は狼狽しながらも命じられた姿勢を取った。横になって膝を立てた股座《またぐら》にバイブの先端を押し当てた。直後、ブルッと太腿の肉が波打った。そこを辰己が足で小突き、さらに開けと催促する。

響子は観念して脚を大きく開き、グロテスクなバイブを膣口に押しつけた。それだけで卑猥な音が鳴り響く。辰己がバイブの根元を踏みつけると、いとも簡単に性玩具が呑み込まれていった。

「ママをいじめないで！」

たまらず詩穂里は傍若無人の男に体当たりした。

しかし、ビクともしなかった。逆に身体を摑まれ、響子の股座へと強引に引きずられていった。

「お前が気持ちよくしてやれよ。シックスナインというのを知っているか？」

「そんなことできません！」

響子は起きあがろうとしたが、またも辰己が爪先でバイブを抉った。

「やめてぇ」

詩穂里は悲鳴をあげて辰己の足にしがみついた。

「言われたとおりにできたらやめてやるよ」

詩穂里はシックスナインの意味を知らずとも、それが何を指すのかは薄々気づいてはいた。

助けを求めるように雨宮を見あげたが、無慈悲な継父は愉快そうに成り行きを見守っているだけだった。

「レズプレイというやつだ」

さらに頭を押さえつけられ、母親の股間が間近に迫った。

成熟して発情した匂いが鼻をついた。それだけで目に涙が溢れた。

バイブで膣が目いっぱい押し開かれ、歪んでいた。一方、雨宮は詩穂里の脚を開かせた。

（ああ、アソコがママの顔に……あァぁん、だめぇ！）

詩穂里は不浄な部分が母親の顔に触れたとたん身体に衝撃が走った。なんとか逃れようとしたが、雨宮がお尻をしっかりと押さえていた。しかし、さらに詩穂里を困惑させたのは、母親が舌を伸ばしてきたことだった。

「あァ、あぁ、あァ、あ、あぁぁあ、だめぇ……」

詩穂里も雨宮からクンニを受けたことはある。

しかし、母親のそれは別物だった。

薄い肉莢を捲りあげられ、ヒクヒク蠢く淫核を慈しむように転がしてくるのだ。下腹部の奥からじんわりと温かくなる感覚に襲われた。

「ほら、その小さい舌でこの豆を舐めてみろ」

辰己が響子の淫核を無造作に指で剥き出しにして催促した。

観念した詩穂里は舌をおずおずと伸ばしていった。

「……ママ」

淫核の先端にかすかに触れただけなのに、母親はびくんと身体を震わせた。挿入されたバイブが揺れ動いている。詩穂里は驚いて離れようとすると雨宮の叱責が飛んできた。

「ここでできないなら、今後は家で練習させるぞ」

それを聞いた詩穂里は慌てて響子のクリトリスにむしゃぶりついた。どうせ、言いなりになるしかないのなら、早く母親を絶頂に導いて終わりにしたほうが得策だと思ったのだ。

詩穂里の気持ちに同調するように、響子の舌の動きも激しくなっていった。悲しいことだが、母親の舌技が調教の賜物であることに気づかないわけにはいかなかった。

（……ママはきっといつもこういうことをさせられているんだわ……そのうち私も……）

近い将来を思うと視界が涙で滲んでくる。

それでも恥辱と倒錯感に必死で耐えながら詩穂里は響子の舌の動きを真似《まね》るのだった。押し開いた花唇は自分と比べると厚みがあり、その媚肉が内側から朱色に染まりだした。バイブを絞める膣口も別の生き物のように収縮し、蜜汁をトロトロと溢れ出させた。

辰己がそれを凝視していたかと思うと、さらに二人を苦境に陥らせようとする。

「サービスしてやろうか」

そう言ってバイブのスイッチを入れると、ブーンという羽音が響きだした。その瞬間、響子は狂ったように腰をくねりだす。

「あうゥうっ……や……動かさないでください」

母親は眉間に皺を寄せて身を仰け反らせた。

醜悪なバイブが芋虫のようにくねりつづけている。

恐ろしいのは膣口がそれを逃さないように咥え込んでいることだった。すると、先ほどとは比べようもないほど大量の愛液が溢れてきた。

「……ママ」

「女は穴に何かをぶち込まれるとこんなによがる生き物なんだ」

辰己は四方八方にバイブを激しく揺すった。

そのたびに噴き出す牝汁が顔に噴きかかった。

「詩穂里、嫌々やってもわかるぞ。それじゃ、響子をイカせることなどできない。ちゃんとやらないと家では浣腸してからシックスナインだ」

雨宮は怒声を浴びせた。二人は声の勢いに震えあがる。

「浣腸はいやぁ」

「母親の顔の上で、ウンチをひることになるのか？」

下卑た笑い声を辰己があげた。

「ひぃやぁ！」

詩穂里は淫核を必死に愛撫した。

（ママ……どうなっているの……あぁァ、怖い）

自分も同じ女性であることが信じられない激しいよがりっぷりだった。いったいどうなっているのか訝《いぶか》しんでいると、辰己が突然バイブを引き抜いた。陰唇はぽっかりと口を開けたままになる。

「クリを舐めながら、指を入れるんだ」

そのまま手を膣に誘導された。無理やり三本指を膣内に押し込まれると、響子がいちだんと喘いだ。

「んんん」

「オマ×コをグリグリ掻き回してやれ！」

雨宮がそう命じた。それを聞いた辰己が詩穂里の指を響子の膣穴奥に押し込んだ。温かくヌメヌメとした膣襞が指を締めつけてくる。

「あぁん、んんぁ」

響子が嬌声をあげながら、腰を揺らした。

「躊躇するんじゃない。もっと激しくやってやれ。そのほうが響子は歓ぶぞ」

詩穂里は貪婪《どんらん》な膣の動きに驚嘆した。それでも、次第に指を優しく曲げたり、ゆっくりと出し入れたりを繰り返した。

「少し気分を出してやるか」

雨宮は詩穂里の背後に回り込んだ。そして、まだ曲線の少ないヒップを押し開くと、いきなりアナルを吸引した。

「やァぁ、いやぁあァぁぁゥあ……ひぐぅ」

尻朶に指が食い込むほど強く摑まれ、排泄器官に分厚い唇が密着しているのだ。しかも菊門の皺を一枚一本ずつ丁寧に舐《ねぶ》ってくる。

「詩穂里は本当に後ろの穴が大好きだよな」

「んんぐぅ、んァんんッ！」

響子が娘の股座《またぐら》から抗議の声をあげた。

雨宮は詩穂里へのアナルクンニを中断して、菊穴に指を一本挿入してゆっくりとピストン運動を開始した。

「んひぃイイ……お尻が、捲れちゃう……んんひぃ！」

詩穂里が泣き声をあげると、雨宮はヒップをぴしゃりと叩いた。

「私の指の動きを真似て、響子を感じさせるんだ。響子も娘の尻がどれだけ成長したか、マン汁の量で確かめるんだぞ？」

自分の言葉に興奮したのか、指の動きを激しくした。

悲しくても膣から蜜汁が溢れ出るのを詩穂里は感じた。ただ、それは母親にすぐに舐められてしまうのだが。

「いやぁぁァ……お尻はやめて」

しばらくしてから指を引き抜くと、肛門がぽっかりと口を開けたままになる。さらに雨宮が指で押し開いておくと、桃色の空洞から不浄な臭いが漂ってくる。

「ほら、舐めろ」

雨宮は詩穂里の肛門を嬲った指を響子に舐めさせた。

「んん……ん、んぐぅんん」

「娘の尻の穴は美味いか？　次は二本だ。しっかり濡らしてやれ」

詩穂里は母親が雨宮の指を舐めているのに気づいた。

浣腸されてないので、指には汚物が絡んでいるはずだ。やめてと叫びたいのに、辰己に後頭部を押さえつけられているので、母親の割れ目から顔が離せないでいる。

「これが客ならロリータのウンチの味に感激するところだ」

雨宮は指が濡れたのを確認すると、閉じかけた肛門に二本指を挿入してズボズボと責めたてた。そして直腸を抉《えぐ》るように指を折り曲げて、いっそう激しく摩擦してくるのだった。

母娘は互いにくぐもった悲鳴をあげた。

雨宮の指が何度も母親の口と詩穂里のアヌスを往復するうちに、詩穂里は自分でもわかるほど濡れてしまっていた。

（……アナルセックスされていたことが、ママにバレちゃう！）

そんなことは知られたくないのに、快楽を教え込まれた詩穂里は抗《あらが》うことができなかった。

「うぅ……あぅん」

惨めな気持ちが胸の奥に染み渡れば渡るほどなぜかアナル感覚がさらに鋭くなっていく。

すでに、雨宮の指は三本入っているようだ。

「あァあひぃん……お尻が、お尻が……燃えそう。あぁあ、あああ」

詩穂里は泣きながら響子の膣に挿入した指を激しく動かした。ヌチュ、ネチョと卑猥な粘液を溢れさせながら、響子の膣穴が妖しく収縮している。それに呼応するように母親の愛撫も激しくなった。溢れ出た蜜汁を淫核に塗り込まれ、縦横無尽に肉豆を転がされた。

「ああァぁ、あああああ、んんんィひぃん！」

詩穂里はくぐもった悲鳴をあげながら、身体をブルブルと痙攣させると、同時に響子の膣が猛烈に締めつけだした。

（ママも……イッちゃったんだ……）

頬を涙が流れた。

5

「なかなか似合うじゃないか。歳の離れた姉妹といったところか」

辰己が感心したように言う。

「これは傑作だ」

雨宮も身を乗り出して唸っている。

詩穂里たちは辰己の部下が届けた衣装に着替えさせられた。

それはスタンダードな半袖の白いセーラー服に紺のプリーツスカートだった。

スカート丈も膝が隠れる程度で真面目な印象を与えた。カラーとカフスは濃紺に三本の白いラインが入っていて、スカーフは赤色だった。セーラー襟の角に刺繍《ししゅう》された梅の校章があるのが特徴的だった。

都内で有名な名門女子校の制服であることを意味していた。

「何十年ぶりのセーラー服姿だ？」

雨宮はわざと羞恥心を煽るように質問する。

「そんなことを聞かないでください……」

響子は居心地が悪そうに身をくねらせた。成熟した肉体を包むには清楚すぎる衣装だった。

特にはち切れんばかりに盛りあがった胸元に目を凝らすと、乳首が浮かびあがっているのがわかった。

辰己は目を細めて、母娘を舐め回すように見ていたかと思うと、二人に向かって指示した。

「スカートを捲ってみろよ」

「お許しください……」

「聞こえなかったのか!?」

鋭い声で辰己が脅すと、母娘はスカートをゆっくりと持ちあげた。

詩穂里は白いソックスを穿いているが、響子はガーターベルトで吊った黒いストッキングである。

ただし、二人ともノーパンで無毛性器を丸出しにしているのは共通していた。

詩穂里が母親に肩を預けたが、その仕草は最初見たときの印象とは異なっていた。

母と娘という関係ではなく、姉妹のような頼りないものになっていたのである。

「母親のほうも娘と同じ学校だったのか」

辰已が偶然の一致に驚いていた。

「こう見えても良家の娘だったからな」

男たちの会話を聞きながら、詩穂里は緊張していた。制服に着替えるときに響子に耳打ちされた言葉を思い出していたのだ。

『私が隙を作るから、詩穂里ちゃんは逃げて……』

『でも、警察に逃げ込んでも、アイツは警視庁の偉い人と知り合いだから、揉み消されるわ』

『児童相談所よ……』

『ママは？』

『私のことは気にしないで、大丈夫だから。詩穂里ちゃんだけでも逃げるのよ』

『……お兄ちゃんのところに行く』

『それなら、勇次にかくまってもらいなさい。でも、私のことを言ったらダメよ。私のことも助け出そうとするから』

二人は勇次の正義感を痛いほど知っていた。雨宮などのために勇次が再び罪に問われるようなことがあってはならない。

詩穂里はチャンスを窺ったが、タイミングが摑めなかった。

そのとき、響子が男たちに向かって言った。

「……二人のお相手をさせていただけませんか？　娘のお手本にもなるでしょうから……」

「ほほう。殊勝な申し出だ」

雨宮が手招きした。響子はズボンのファスナーを開け、萎んだペニスをすぐさま口に含んだ。

頭を前後に激しく振ると、次第に肉棒は頭をもたげはじめた。

響子は雨宮をときおり見あげて、奉仕に勤しんだ。

「俺も相手してくれるんだろう？」

辰己が背後に迫ってきた。響子はその場で尻を高く持ちあげた。襞の多いスカートが捲れあがった。辰己が剝き出しになっている膨脛《ふくらはぎ》から太腿をなではじめた。やがて重量感たっぷりの双臀を持ちあげるように強く揉んでいく。

「こんないやらしいケツをした女子高生なんていないぞ？」

辰己はそう言いながら卑猥な様に満足気に見入っている。

「んんァぁん！」

「赤貝まで剝き出しだが、とても商売女の持ち物とは思えないぜ」

いきなり挿入はせずに、セーラー服の下で乳房を鷲摑みにして揺さぶった。

それに反応するように、雨宮が響子の頭を押さえてペニスを突き入れた。

響子は苦しげに鼻から呻き声を漏らした。

仰け反らせた白い喉が上下するたびに、頰が内側から不気味に亀頭の形を浮かびあがらせた。

辰己はセーラー服を捲りあげ、乳房を露《あらわ》にした。

重力で下に引っ張られ、辰己が手を離すと激しく跳ねて肉塊がぶつかる音がパンパンと鳴り響いた。

「ちょっと触っただけで、トロトロに濡らしやがって。ほら、見てみろ」

詩穂里は強引に響子の股座を覗き込まされた。

辰己が花弁をグッと開いて、朱色の秘穴を晒した。その奥で密液がヌラリと光って、次々と溢れ出してきた。

「ママ……」

「んぐぅ、んんんん……」

響子は頭が朦朧としているようだった。

「お前の母親は真性のマゾだな。イジメられるほど濡れてきやがる」

「違う！」

詩穂里は大声で否定しようとした。

「なら、証拠を見せてやろう」

辰己は詩穂里を足蹴《あしげ》にしたあと、誇示するように巨大な肉棒を取り出し、響子の牝穴に一気に挿入した。

みるみる肉竿が呑み込まれていく。奥まで到達したのか、響子の身体が海老反りになった。そして今度はゆっくりと引き出し、一突きごとにゆっくりとピストンしていった。すると、愛液が肉竿に絡みつき、静脈に沿って流れ、裏筋にまで垂れ落ちていく。

（ママ……ママにそんなことしないで……）

その気持ちが伝わったのか、響子が横目で詩穂里のほうを見た。そこには詩穂里を何としてでも逃がそうとする意志があるような気がした。

（でも……どうやって逃げたらいいの……）

詩穂里には具体的な手段が思いつかなかった。

それでも、響子は二人の関心をさらに惹こうと淫らに肉体をくねらせた。

「どんだけチ×ポが欲しくてたまらなかったんだ？」

辰己が勝ち誇ったように呻きながら、次第に挿入速度を速めていった。

そのたびに、結合部から発する淫猥な音が大きくなった。

響子は雨宮の逸物を含みながら、甘い呻き声をあげた。

「うちの奴隷妻のマ×コはどうだ？」

雨宮が辰己に向かって自慢気に言った。

「正直、予想以上にいい。子持ちの女の道具なんて、ゆるくて使い物にならないのが相場だが、これは名器だよ。数の子天井ってやつか？」

男たちは響子の肉体をこれでもかと貪《むさぼ》った。

二人の穴を同時に圧迫されて、響子の呻きが悲鳴なものに変わった。

（ママ……イキそうなんだ……）

詩穂里はその姿を見て、響子がこれまでどれだけ悲惨な目にあってきたかがわかった。今は詩穂里を守ろうと必死で二人を相手にしているのだ。

そんな母を置いて自分だけ逃げるわけにはいかなかった。

「お義父様……もうママをそれ以上虐めないでください」

「誰が虐めているんだ？」

雨宮の質問に響子がくぐもった声で制し、いっそうペニスの根元まで咥え込んだ。

「んんぐぅ……んんァん！」

「……ママ……ママだけを一人にできない……」

それを聞いた雨宮がペニスを引き抜いて詩穂里に近づいてきた。

詩穂里は何も言わず牝汁が絡みついた継父の逸物にフェラチオ奉仕した。

「あぁ……」

響子が弱々しく項垂《うなだ》れると、辰己が背後から豊満な乳房を乱暴にこね回しはじめた。

雨宮がいなくなったせいで、さらに子宮の奥へと容赦なく突き立て、腰を捻りながら中をこね回した。

「娘に教えてやれ。おまえはこうやってデカパイをモミモミされながら、乱暴に犯されるのが好きだってな」

辰己が耳元でそう囁いた。

「……いやぁ！」

ストロークが長くなるたびに、響子の頭がガクガクと前後に揺れた。

「しかし、熟女のセーラー服姿というのもなかなか魅力的なもんだな」

「……こんなに辱めなくても……」

詩穂里は継父のペニスに奉仕しながら、昂ってくるのを感じていた。響子も白目を剝き、快楽の津波に呑み込まれているようだった。

（ママは別人みたい……だけど、いずれ私もああいうふうになるのかしら……お兄ちゃん、助けて）

だが、牡のホルモン臭い肉棒を激しく出し入れされて、頭がうまく働かなかった。

ついに母親の絶叫が聞こえてきた。

「ダメ、ダメです……あぁァあぁうぅ」

「どうだ。俺のチ×ポはすごいだろ？」

「あぐぅ……あぁぁん……大きすぎる。グリグリしないでぇ」

「俺のを飲ませてやるから、もう少し我慢するんだ。おら！」

力強く辰己が腰を突き出すと、響子が首を仰け反らせて喘ぎまくった。

「あぁ、イクゥゥゥ！　オマ×コでイッチャうぅぅぅぅ!!」

「子宮の奥にたっぷりと出してやる！」

最後とばかりに辰己がペニスを奥へ奥へとねじ込んだ。

辰己は膝を震わせて、響子の背中に覆いかぶさって腰だけをひくひく痙攣させながら、絶頂に達したようだった。

「あれがセックスというやつだ」

雨宮が詩穂里の後頭部を押さえつけて、薄汚いペニスを口の中でピストンさせた。

「んぐぅむぅん、んんんんん……んん、ん……んあぁあ！」

グッと肉竿が根元から一気に膨らみはじめた。

「たっぷりと精液を飲ませてやる！」

「んんん！」

雨宮の咆哮とともに大量の精液が喉を襲ってきた。

詩穂里は頬に涙を流しながら、嚥下《えんげ》せざるをえなかった。

（お兄ちゃんは助けてくれないんだわ……私がママの支えにならないと……）

詩穂里は悲しい決意をした瞬間だった。

6

「詩穂里のお浣腸は私にさせてください」

響子はそう言ってイチジク浣腸を詩穂里に施した。セーラー服から剝き出しの白い双つのヒップがプルプルと震えだした。

猛烈な便意がすぐに襲ってきたのだ。その苦しむ様を男たちは酒を飲みながら眺めていた。

響子が詩穂里の手を強く握った。

「今日だけは詩穂里にトイレを使わせてやってください」

「……ウンチをひり出すのも芸の一つだろう？」

「今度は人様の前で排便できるよう言って聞かせますので、今日のところはご勘弁ください……」

響子は土下座して懇願した。隣では詩穂里も母親にならった。

助け船を出したのは意外にも辰己だった。

「俺の趣味ではないな」

「君がそう言うなら」

一度射精しているからか、雨宮もそこまで固執しなかった。

「ありがとうございます」

響子はすかさず謝罪した。そのとき、雨宮が命令するのを忘れなかった。

「ただし、カメラで娘の排便姿を撮影してこい」

「……わかりました。さぁ、来なさい」

「……写真だなんて……いやぁ」

詩穂里は母親の制服の袖《そで》を握りしめた。

だが、響子はカメラを手に取ると娘を部屋の外に連れ出し、早足で廊下を進んだ。

「……ママ、あぁ、写真は嫌ぁ」

その姿を店のスタッフが好奇の目で見てきた。響子はその中の気弱そうな一人の若者を見つけると指示した。

「あなた、ちょっと来てくれるかしら？」

響子はカメラを若者に手渡した。その若者は戸惑っていた。

「いやぁ！」

「詩穂里、ちゃんとママの言うことを聞きなさい」

響子は詩穂里の泣き言《ごと》を切って捨てた。詩穂里はお腹を押さえて泣きそうになった。

（もしかして……ママは私を自分の子だとは思ってないの？　だって、さっきママとあんなことをしてしまったんだもの……）

詩穂里は悲しくなって俯いた。もはや頼れる相手は誰もいないのだと絶望した。

響子はなぜか入り口へと向かった。

（え？　どういうこと？）

響子は詩穂里の背中にそっと触れて若者に言った。

「……この子を……街で下ろして、排便する姿を撮影してきてくれるかしら？」

突然のことに若者も驚いたようだ。

「それは……」

「私の夫の命令です」

「はい」

「時間がないの。早くして」

「かしこまりました」

若者は慌てて車を車回しに停車させた。

響子は詩穂里の背中を押した。

「行きなさい」

「……ママ」

響子は何も言わずに詩穂里を後部座席に座らせて、若者に向かってうなずいた。

車が発進したとき、詩穂里は振り返って響子の顔を見た。
慈愛に満ちた表情だった。目に焼きつけるように響子の姿を目で追っていた。
詩穂里は目に涙を溢れさせた。
(お兄ちゃん……)

第四章　地下室の相姦地獄

1

勇次はアパートで彩未といっしょだった。

今まさに潤んだ割れ目に肉槍を挿入するところだった。

腰を突き出すと彩未の脚が布団を蹴散らした。

「はぁ、はぁァん……あぁん、んん……勇次さん、あぁ、奥に当たってるの」

「痛くない？」

「うん……痛くない。それより……」

「それより？」

「あァあん、聞かないで。あぁんゥん、気持ちいい……勇次さんの硬いの……んあぁあ」

勇次は音を立てて乳首をついばんだかと思うと、乳房全体に舌を這わせ、乳暈《にゅううん》を口に含み思いきり吸引した。一方で、緩急をつけて腰を忙《せわ》しなく動かした。

処女喪失のときは無我夢中で何がなんだかわからなかったが、今日は彩未の身体を堪能した。磯巾着《いそぎんちゃく》のように肉棒を締めつけてくるのがたまらなかった。

「そんなに強く締めつけないでくれ」

「んあぁァぁ、私……なんだか、あぁあぅん、身体が壊れそう！」

彩未が脚を勇次の身体に絡めてきてキスをせがんだ。

舌が痛くなるほど強く吸いつつ、互いに腰を淫らに動かした。卑猥な音が部屋に鳴り響いた。

数分も経たないうちに、二人は歓喜の呻き声をあげた。

彩未が帰ってから、勇次は勉強に集中しようとしたが、先日会った詩穂里のことが気になった。

（詩穂里は本当に虐待を受けているのだろうか……）

あれから、勇次は雨宮の屋敷をつき止めて足を運んだ。だが、響子や詩穂里の姿を確認することはできなかった。

雨宮が経営するという高級レストランにも行ってみたが、特にこれといって問題はなかった。それどころか、清掃の行き届いた店構えや身なりのきちんとしたスタッフには好感が持てたくらいだった。

さらに、勇次は詩穂里の学校も訪ねてみた。しばらくして以前、詩穂里といっしょにいた少女を見つけた。話によれば、詩穂里は物静かで友だちが多いほうではないということだった。

(猫をかぶっているんだろうか)

辰己の言葉を聞いて偏見を持っている自分に気づいていたが、どうしようもなかった。状況を確認しなければ、不安なままだろう。

(……辰己に頼むしかないのか? いや、ダメだ。アイツに弱みを見せたら、骨までしゃぶられる。しかし、なぜアイツが雨宮家を調べていたんだ?)

勇次は辰己の意図がわからなかった。あの写真の真偽も今となってはわからない。

悶々としているときだった。

アパートの扉が激しく叩かれた。てっきり彩未に何かあったのかと思った。

鍵を開けると、いきなり小さな身体が飛び込んできた。

「お兄ちゃん！」

詩穂里だった。

「どうしたんだ!?」

勇次の身体にしがみついて離れなかった。

泣きじゃくっているようだ。

「助けて！」

詩穂里が小さく叫んだ。

制服が詩穂里の学校のものではないことに気がついた。セーラー服の胸元から覗いた白い乳房が上下に揺れていた。

（……ノーブラなのか!?　それに……なんだ、この臭いは……）

勇次の表情に気づいた詩穂里は顔を真っ赤にした。

「ごめんなさい……」

よく見れば、太腿や足首がところどころ茶色く染まっているではないか。

勇次は怒りで体中の血が沸騰するのを感じた。だが、今は詩穂里を保護することが先決だ。

「すぐにシャワーを浴びるといい」

「……うん」

詩穂里は部屋に入るのを躊躇していた。

「何してんだ。気にするな」

勇次はタオルを渡して慰めた。

「なんだか、昔住んでいたアパートみたいだね……」

ポツリと詩穂里が呟いた。

「……」

「あの頃と今はどっちが幸せなんだろう……」

勇次は浴室に詩穂里を促《うなが》した。勇次は台所と部屋を仕切るドアを閉めようとしたが、詩穂里が引き止めた。

「……お兄ちゃん……」

そう言うと、背を向けたまま詩穂里が制服を脱いだ。

十三歳の詩穂里の背中は本当に華奢だった。彩未と比べると子どもらしさがはっきりわかる。

（雨宮はこの身体に欲情しているというのか……）

握りしめた手に爪が食い込んだ。

詩穂里は何も言わずに濡れたスカートを脱いだ。妹の真っ白なお尻が無防備に晒された。

「!?」

なんとノーパンだった。

しかも、尻の谷間から太腿にかけて茶色のものがところどころ付着していた。

「お風呂も……汚しちゃうね。ごめんなさい……」

詩穂里は項垂《うなだ》れたまま浴室に入っていった。

2

詩穂里は赤くなるほど強く身体を洗った。

浴室の外で勇次が服を片付けているらしい音がかすかに聞こえてきた。

(お兄ちゃん……きっと変に思ってるわ……あの喫茶店のときから勘づいていたにちがいない)

詩穂里は今日の出来事を思い出していた。

店を出てから秋葉原まで連れていかれた。詩穂里は知らない街だった。古めかしい橋の上で車が停止した。

「そこの交差点でクソをひったら戻ってくるんだ」

スタッフの男が言うと、詩穂里はよろよろと後部座席から外に出た。

運転手が窓ガラスを開けカメラを構えた。

「……うう」

身体中から嫌な汗が流れ、セーラー服が身体に纏わりついた。便意が限界に到達していて、お腹が苦しくて仕方がなかった。

移動中、我慢できたのが奇跡のようなものだ。

歩くのもおぼつかなく、通行人の姿もぼやけて見えた。

夢遊病者のような詩穂里は信号が変わると交差点の真ん中に向かった。

（く……うぅ、もうだめぇ）

詩穂里はその場に座り込んだ。

少しでも楽になりたいという一心だった。

それでも、公衆の面前で排便をするわけにはいかないという思いは強く、なかなか行動に移せなかった。

「大丈夫ですか？」

誰かの声が聞こえた。俯いた視界に何人もの足が見えた。

「見ないでぇ！」

詩穂里の絶叫とともに、凄まじい破裂音が鳴り響いた。

ブリブリブリ！

お尻に密着したプリーツスカートもたちまち重くなっていった。

（ああ……私、人前でウンチしているのね……あぁ……）

近くには川が見えた。

（……あそこから飛び降りたら死ねるかな……消えてなくなりたい）

絶望感に襲われながらも身体は詩穂里を嘲《あざわら》笑うかのように燃えあがりはじめた。子宮が疼き膣から蜜汁が溢れるのがわかった。いつしか悲しみと惨めさが詩穂里を発情させる燃料となっていたのだ。

「……あぁァうぅん！　止まらない」

絶叫をあげた。しかし、お尻の皮膚を灼くように熱い排泄物にある種の快感まで味わっていた。

今まで雨宮の前でやった排便の解放感よりも凄まじいものだった。

視界にパチパチと火花が散った。

軽く絶頂に達してしまったのだ。

（もう終わりだわ……私は二度と普通の女の子に戻れないんだわ）

その事実を痛いほど知った。

詩穂里は自ら息んで、腸内に溜まっていた内容物をすべて吐き出し、さらには誘発された尿意にも逆らうことをやめた。

ジョジョジョジョジョーーーッ！

激しい排尿が続き、さらに身体が熱く燃えあがった。

だが、すべてが終わると現実が見えてきた。自分がしでかしたことの大きさがわかったのだ。

先ほどぼやけて見えていた通行人もはっきりしてきた。みな遠巻きにして奇異な目で自分を見ていた。

「あ……あァあ……見ないで、見ないで！」

詩穂里はよろよろと立ちあがり、車へ戻ろうとした。車の窓から男がカメラのシャッターを必死で切っていた。

そのとき、詩穂里は響子の言葉を思い出した。

（ここで車に戻ったら意味がない……）

詩穂里は全身の血を奮い立たせ、一目散に現場から逃走した。

車がクラクションを鳴らして警告したが、無視して走りつづけた。

どこをどうやって走ったか覚えていないが、なんとか兄が教えてくれた住所を目指した。

詩穂里は勇次に向かって一気に経緯を打ち明けた。

気づいたときには、堰《せき》を切ったように涙が溢れていた。

3

勇次は怒りで頭がどうにかなりそうだった。

しかし、何か解決策を見出さねばならない。まず、警察に頼ることを考えたが、妹の話では、以前保護されたあと、突如警察の態度が豹変し何事もなかったかのように雨宮の元に戻されたという。

きっと雨宮には警察との繋がりもあるのだろう。

（詩穂里の身の安全が第一だ）

詩穂里は学校でも孤立していたようだ。いや、むしろ、雨宮はわざとそうなるよう仕組んだのだろう。

それなら、詩穂里が勇次を頼りにすることは思いつくはずだ。

「この前、俺と会ったことは誰か知っているか？」

「……ママが……知ってる」

響子が口を割らなかったとしても、雨宮は勇次のところに部下を差し向けるはずだ。

（すぐに詩穂里を連れてここから出ないと！）

ちょうど運がいいことに、彩未の服がある。それに着替えさせると、二人でアパートを出た。

（助けてくれそうなのは社長くらいか……）

勇次は躊躇したが結局、社長宅を訪ねることにした。

すぐに彩未が現れた。

自分の服を着ている詩穂里を見た瞬間、驚いたが、それには何も触れず、勇次たちをすぐに家にあげてくれた。

勇次は社長の森保に事情を説明した。詩穂里の性的虐待の件は隠したが、苦労してきた男だけあってすぐに察してくれた。

「一人信頼できるやつがいる。そこに妹さんをかくまってもらうといい」

「彩未さんもいっしょのほうがいいと思います」

「彩未も？」

森保は一瞬顔を引き攣らせた。

「ええ、そうじゃないと……」

「なるほど、君の恋人だと身が危ういということだな？」

森保は立ちあがり、どこかに電話をかけて車を用意した。

彩未と詩穂里を乗せて森保が車を出そうとした。

「お前は来ないのか？」

「……俺は母を助けます。社長には何から何までお世話になります。すいません。俺のことは……退職扱いで」

「何を言ってるんだ。こういうときにそんなことは考えなくていい」

「……ありがとうございます」

「これが電話番号だ。毎晩、電話するんだぞ？」

森保は勇次の肩を摑んで、目を見据えた。

「……」

「同じ過ちだけは犯すなよ」

「はい」

勇次は頷いた。


それから勇次は潜伏しながら調査を開始した。

まずは雨宮の邸宅を調査して、響子を発見したら連れ去ろうと計画したが、母親の影すら目にすることはなかった。詩穂里から聞いた「グルニエ」にも行ったが、警備が厳重で中の様子を窺うことはできなかった。

辰己に協力を頼もうか迷ったが、すんでのところで踏みとどまった。

約束どおり、夜に社長の知人宅に電話すると、詩穂里たちの様子を聞かせてくれるのは心強かった。二人は日に日に仲よくなっているようで、まるで姉妹のように暮らしているのが微笑ましくもあった。

だが、勇次は自分の無力さがもどかしかった。

(金と権力があれば、こんなことにはならなかったのに……)

今まで必要ないと思って生きてきたが、今は無性《むしょう》に手に入れたかった。

（やることは一つ。母を救い出すことだ……）

雨宮の身辺調査を進めると、多くの女性が犠牲になっていることがわかった。「グルニエ」だけでなく、出張サービスもやっているらしい。

響子もいずれ出張サービスをすることがあるかもしれない。そのときに助け出すことができたら……。

潜伏してから二週間が経過した頃、女と少女が車に乗せられていくのを目撃した。二人はよく似ているので、親子かもしれない。響子と詩穂里の姿が重なった。

勇次はバイクで追跡した。二人は高級ホテルに入っていった。その後、二人はエレベータに乗り込んだ。勇次は停止する階を確認して、慌てて階段を駆けあがった。廊下に出ると、なんとか閉まるドアを確認できた。いったん階下のスタッフルームに忍び込み、ホテルの制服に着替えた。再び部屋に戻り、ドアをノックする。

「……なんだ？　ルームサービスなんて頼んでないぞ」

バスタオルを腰に巻いたでっぷり太った中年男がドアの隙間から顔を覗かせた。

勇次は躊躇なく男の鼻を殴った。男が悲鳴をあげてその場に倒れ込んだ。部屋に入ると、先ほどの二人の女がいた。

二人とも股を大きく開かれ、そこに黒々としたバイブを突き刺されていた。乳首にはクリップが嵌められ、口には猿轡《さるぐつわ》代わりなのかパンティをねじ込まれていた。

勇次は縄を解きすぐに服を着せた。

「助けにきた」

大人の女が悲しげに首を振った。

「……ダメよ、逃げられないわ」

「なぜだ？」

「恥ずかしい写真を撮られているし、職場も家も知られているの……それに、この子は家出しているから帰る家もないわ」

「親子じゃないのか？」

話を聞くと、どうやら最近になって雨宮はヤクザと手を組んで、少女売春も始めたようだ。

（ヤクザと繋がっていてもおかしくはない）

勇次は冷静に男を縛り上げた。

「……やめろ！　ワシを誰と思っているんだ」

男は唾を飛ばし呻いた。勇次は財布の中から名刺を見つけた。

〈○○株式会社・副社長。横川博幸《よこかわひろゆき》〉

「……」

勇次は男が腰に巻いているバスタオルを外して、暴れる脚をM字に縛りあげた。そして、カメラで男を撮影した。

「やめろ！　撮るな！　金が欲しいなら好きなだけ持っていけ！」

「この写真を会社でばらまかれたら困るんじゃないのか？」

勇次は横川という男から内部情報を聞き出した。ヤクザの名前はわからないが、雨宮が女たちの弱みを「グルニエ」の一室に隠しているのを目撃したことがわかった。

「それを持ってきたら、このネガは目の前で処分してやる」

横川は地団駄を踏んで悔しがったが納得したようだった。


勇次はホテルを出て、夜空を見あげた。満月が不気味なほどオレンジ色に輝いていた。これでようやく解決の糸口が見えた気がした。

それでも、胸がムカムカした。

（雨宮の店にはあんな客がたくさんいるんだ……クソっ！　あの野郎、財布の中に家族の写真なんかを入れていやがった）

横川を信頼するつもりは毛頭なかった。

（同じように客の弱みを握っていくしかない）

ふとやっていることが辰巳と同じ気がしてゾッとした。

勇次は公衆電話から森保に電話した。すると、ワンコールで森保が出た。

「勇次、今どこにいる？」

「何かありましたか？」

何か焦っているようだった。数拍の沈黙があった。そして、森保は絞りだすような声で言った。

「すまない……うちのバカ娘が、勝手に学校に行って……それから戻ってこないんだ」

「彩未ちゃんが？」

「本当にすまない……娘は……」

「……どこですか？」

「……」

沈黙の後ろで誰かの声がした。

「赤坂に建設中の○○ビルの地下一階だ」

罠とわかっていても、行かざるをえなかった。バイクに隠していたナイフをブーツに押し込んだ。

4

「ようやく来たか」

辰己が蛇のように目を細めて笑った。

勇次はついに辰己に協力をあおいだのだ。

「……」

「そんな目で見るなよ。俺が獲物を調査していたから、こうやって潜入できるんだろう?」

獲物とは雨宮のことだ。事前に雨宮のことを調べていた辰己の情報は力になるはずだ。

辰己は工事中のビルへ平然と忍び込んでいく。

勇次たちを手引きしたのは、工事現場の作業員だった。どうやら薬で手懐《てなづ》けているようだ。辰己が白い粉を渡すと男は簡単に秘密の入り口を教え姿を消した。

勇次たちは狭い廊下を進んだ。

不思議な造りでいわゆる隠し廊下だった。そこから部屋を見渡すことができるように、壁の一部がマジックミラーになっていた。向こうからは単なる鏡にしか見えないらしい。

室内は妙にけばけばしい内装だった。工事中とは言うもののほぼ完成間近のようで、そこはラブホテルだった。

オーナーは雨宮である。

「……ほんと、運がいいぜ。お前からの連絡をずっと待っていたんだからな」

勇次はその言い方に引っかかるものがあった。

(辰己が俺をわざわざ待っていた？　こいつがそんなに暇なわけがない)

静まったビルの中で音を殺して歩いているというのに、辰己は遠慮なくしゃべっていた。

「見つかったらどうするんだ!?」

「大丈夫さ。ここは完全防音なんだ。それより、地下を見ていけよ」

地下に降りていくと、部屋の様子が一変した。禍々《まがまが》しい朱色の壁だったからだ。

ベッドはラバー製で、磔台や三角木馬、各種の責め具などが並んでいた。ＳＭ用に設計された部屋だった。その隣にも部屋があったが……。

そのとき勇次は不穏な空気を感じ取り、マジックミラーにへばりついた。

内診台の上に彩未がいた。

しかも、裸にされて両手を後ろで縛られ、乳房の上下を縄で縛りあげられていた。

もちろん、股間も隠すことができず淡い繊毛が儚《はかな》げに震えていた。

それをチンピラ風のヤクザ者が取り囲んで、彩未を小突いていた。そのたびに見事な乳房がプルン、プルンと大きく揺れた。

「彩未ちゃん！」

勇次は思わずガラスと叩こうとした。だが、その手を辰己に押さえられ、口を封じられてしまう。

「慌てるな」

「……しかし……」

「なんだ、あの娘はお前が世話になっている社長の娘ってだけだろ？」

「何でそのことを……」

「いまは、相手が油断するのを待つんだ」

そう言って辰己は相手の人数を数えて片手をかざした。五人いるというのだろう。

部屋の外にもいるかもしれない。

事実、扉が開いて男たちが一人の男を連れて入ってきた。森保だった。森保は屈強な身体の持ち主だが、彩未と同じようにいともたやすく縛りあげられ、拘束されてしまう。

口には猿轡を嵌《は》められているため、娘の姿を見てもくぐもった呻きを洩らすことしかできなかった。勇次も無力感に苛《さいな》まれナイフを取り出した。

「そんなんじゃ役に立たない。これにしな」

辰己は拳銃を勇次に手渡した。他人の命を奪うには意外なほど軽く感じられた。

勇次はようやく力を手に入れたことを実感した。

「今はタイミングを待つんだ」

確かにこのままでは返り討ちにあうだけだ。

向こう側では内診台のフットレストが開かれていった。

「いやーーーーッ！　お父さん、助けてぇ!!」

「んゥんんんんぐぐぅぅ！」

ヤクザが彩未の股間を遠慮なく弄《いじ》りだした。

「最近の女子高生のマ×コはたいていい中古だが、こいつはどうかな？」

彩未の割れ目を開いて、ぽっかりと口を開かせ乱暴に指を挿入した。父親の目の前で根元までゆっくりと入れてみせるとニヤリと笑った。

「やっぱり遊びまくりのようだぜ？」

「んあぁ、あひゥぃ、抜いてぇ」

指を激しく出し入れされて、彩未は全身を暴れさせた。

しかし、執拗な責めはやまなかった。

白い肌がくねりつづけ、それが次第に火照りだした。悲鳴が弱々しくなる頃、指を挿入する音が淫猥な音に変化した。

「こいつ感じてやがるぜ。俺の指を締めつけやがる」

「くひぃ、やめてぇ！　やめてぇ……あァうぅ、あうーんん」

「下の口はやめてほしくないみたいだぜ？　こんなに涎を垂らしやがって、少しお灸を据えてやれ」

別の男が真っ赤な蠟燭《ろうそく》に火をつけてやってきた。

それを乳房の上に垂らして、白い双つの乳塊を赤い蠟で塗り固めていった。蠟がゆっくりと乳首のほうに流れ、途中で固まった。乳輪の周りを蠟が覆い尽くすと、少しでも熱から逃れようとするように乳首がさらに尖ってプルプルと痙攣した。

「熱い。ああ、熱いぃ！」

「こいつはいいぜ。蠟を垂らすたびにマ×コを切なそうに締めつけてくる」

「だめぇ」

ピストン運動をさらに早め、男は彩未の乳房を下から鷲掴みにして、桃色の乳首を持ち上げた。そこに蠟燭がゆっくりと近づいてくる。

「んんんんんんんん！」

森保のくぐもった絶叫と同時に椅子が激しく軋んだ。

しかし、蠟燭責めは続いた。たっぷりと溜まった蠟がポタポタポタポタと彩未の乳首に垂れたのだ。

「いやあぁぁぁ、熱いィ！　熱いぃぃぃ！」

彩未の乳首があっという間に蠟で覆われた。

やがてぐったりとしてが、固まった蠟を剝がされると、今度は敏感な器官に鋭い刺激を受けたのだろう。再び彩未は覚醒するように悲鳴をあげはじめた。

「いやぁあああ！」

「まるでイッたみたいな顔をしやがる」

膣内を耐えず責めつづけている男が肉芽を指で何度も弾いていた。そこは勇次が知っているサイズよりも二倍近くにも膨れあがり、包皮が捲り返ってピクピクと先端を震わせていた。

二枚の花唇は真っ赤に充血し、大陰唇のほうに捲れ、蜜汁をたっぷりと溢れさせていた。今や内診台のレザーシートから滴り落ちるほどだ。

「これだけ濡れたら、充分だな」

男は膣から指を抜き、そして、もう一度淫核を弾いた。彩未が甲高い悲鳴をあげた。

「……もうやめてぇ！」

「ここにも熱いのを垂らすか？」

「いやいやぁ……やめてぇ！　何でも言うことを聞きますから……」

「遠慮するなよ」

淫核をクリクリとこねられ、彩未は望まぬ快楽に身を捩った。太腿を痙攣させ、内診台の上で背筋を反らした。

絶頂に達するのとほぼ同時に、蠟燭の熱い雫が淫核に降り注いだ。

「んああああああぁぁ！」

苦痛と快楽が重なり合った悲鳴が室内にこだました。

勇次は金縛りにあったように動けなくなっていた。

昔の記憶がフラッシュバックしてきた。父親が母親を虐待し、あげく自分たちの前でセックスしたことだった。

当時の勇次は母親を助けようと父親に殴りかかったが、まだ身体が小さく逆に殴られるだけだった。折檻が繰り返されるうちに勇次は無気力になり、妹をかばって部屋の隅で縮こまるのが精いっぱいだった。

あれから十年経つというのに呪縛から解けていない。勇次はそれを自覚して愕然とした。

5

「早まるなって」

辰己に肩を押さえられた勇次は、その手を荒々しく払いのけた。

「……」

「俺を睨むのは筋違いだろう」

辰己がマジックミラーの向こう側を見て言った。

項垂れた彩未の口から涎が垂れつづけていた。

ヤクザたちがビデオカメラをセットしはじめた。彩未の恥ずかしい姿を録画して、それで脅迫してエスコートクラブで働かせたりするつもりなのだろうか。身を乗り出す勇次の肩を辰己が押さえつけた。

「落ち着けよ」

「こんなのを見せられて落ち着いてられるか！」

とても冷静になどなれなかった。

「多勢に無勢だ。二人では太刀打ちできない。つらいのはわかるが相手の親玉を狙うのが一番だ」

辰己は勇次に拳銃を見せてニヤリとした。

（……彩未ちゃんと社長を見殺しにすることなんてできない）

勇次の苦悩を見て辰己が言葉をかけた。

「恩とか情に流されるなよ」

確かにこの状況では辰己に一理ある。

やがて一人の男が入室してきた。服装や態度から組長だとわかった。一人ふんぞり返って成り行きを見ている。

（あいつを殺すしかないのか？）

勇次は血が出るほど下唇を嚙みしめていた。

ビデオカメラが準備され撮影が始まった。男が緊縛された乳房に鞭を振り下ろして、固まった蠟をどけていった。

「痛いッ、胸を打たないで！」

赤い蠟が剝がされると、再び白い乳房が露《あらわ》になった。しかし、すぐに鞭が赤い線を何本も刻んでいく。

別の男が彩未の割れ目を押し開いて中身を露出させた。

「ほら、ビデオに向かって自己紹介しな」

「……ああ、やめて！」

「チッ、仕方ねえな。先に男優を紹介してやるか。おい、連れて来い」

父親の森保は激昂のあまり呆然としているようだった。そもそも口を封じられ呻きをあげることしかできない。

（今は耐えてくれ。必ず助け出すから……）

勇次は目を背けたが、その男優とやらを見ないわけにはいかなかった。

「な!?」

なんと相手は人間ではなかった。

黒く短い毛で覆われ、四つ足で歩き、真っ赤な舌を垂らし、口から涎を垂らしつづけていた。獰猛なドーベルマンだった。長く立派なペニスが歩くたびに重たげに揺れていた。

「これが男優だ」

「いやあああああああ!!」

彩未は絶叫をあげた。

ヤクザがドーベルマンをけしかけると、濡れそぼった陰裂に鼻を押し当てて匂いを嗅ぎだした。そして長い舌を忙しなく這わせて舐めはじめた。

「躾けられているのか？　手慣れたもんだな」

辰己が他人事《ひとごと》のように言う。勇次は不信感を募らせた。

「ファックだ」

命令すると、犬は前足を内診台に置いた。

そのままペニスを挿入しようと、強靱な後ろ脚で床を蹴って飛び跳ねた。しかし、内診台の高さのせいで、なんとか挿入を免れた。しかし、男が内診台の高さを調整するレバーを回すと、台座がゆっくりと下降しはじめた。

「いやぁァあぁ、いやぁぁ、犬はやめてぇ！」

犬のペニスが秘裂の表面を何度か滑った。彩未は半狂乱になって叫んだ。ドーベルマンのペニスが入る直前で、男が犬の首輪を引っ張って制止させた。犬が物欲しそうに一声鳴いて伏せをした。

「お前に選ばせてやろう。相手はこの犬と父親とどっちがいいかな?」

「!?」

彩未は目を見開いて、必死に顔を振った。

男の一人が森保のズボンとブリーフを剝ぎ取ると、屹立した肉槍が力強く飛び出した。

「おいおい、娘が犬に犯されそうになっているのに、勃起してたのかよ」

「んんぐん、んんんゥん!」

森保が暴れるたびに肉棒が激しくブルンと震えた。黒々とした貫禄のある色合いと、極太の肉竿には複雑に血管が浮かびあがっていて想像以上の禍々しさだった。

「予想以上に立派だ」

「この極太マラが娘の中に入るとはな」

一人が革紐を取り出し、森保のペニスの根元に巻き付けた。

「んん……んあぁゥぁ、んんんん!!」

血流を押し止められ肉竿がさらに膨らんだ。たちまち濃紫に変色した。その男根を鞭打たれた。

「このままだとチ×ポが腐るぞ？」

「……あぁ、紐を解いてあげて」

「さあ、この牝穴にどっちを入れたいんだ？」

組長らしき男が彩未に近づいて、乳首を摘まんだかと思うと、力を込めて捻り潰した。

「ひぃ、どっちも……あひぃん……」

勇次は目をそらすものの、悲鳴を聞くと覗いてしまう。どうしようもない無力感に襲われた。地獄にいるのは森保も同じことだろう。いや、それ以上だろう。彩未がどちらを選んでも、精神的苦痛は計り知れなかった。

やがて掠れた声で彩未が答えた。

組長が彩未の髪を引っ張って、自分の耳に手を当てた。

「声が小さくてわかんぞ？」

「……お父さんと……」

「父親と何をしたいんだ？　ちゃんと言え」

力任せに頭を揺すぶられ、彩未は仕方なく訴えた。

「お父さんとセックスさせてください！」

組長が顎で指示すると、二人が手慣れた手つきで彩未の拘束を外した。

だが、彩未は新たに後ろ手で手錠をかけられ、男に両膝を抱きかかえられた。

ビデオカメラを構えた男が彩未と森保を交互に撮影した。父親と娘は顔を見合わせたあと、必死に抵抗を始めた。

「お願いです。お父さんとは無理です！」

「んぐんんっぐぐ！」

しかし、二人の願いは叶わなかった。

森保の亀頭が割れ目にあてがわれたかと思うと、一気に奥まで挿入させられた。

「ひぃぃ……」

「んんんん！」

父娘は目を見開いた。

互いに肉が絡みつく衝撃に身体をくねらせた。息つく暇もなく、彩未を抱《かか》えた男たちが上下運動を加えはじめた。

すぐにクチュ、クチャと卑しい音が鳴り響きはじめた。森保の肉棒が彩未の尻の谷間から見え隠れした。肉竿があっと言う間に濡れそぼり、攪拌《かくはん》された白い泡が絡みついて滴った。

彩未を抱いた二人が実況を開始した。

「感じはじめているぜ」

「お嬢ちゃんがイクところが撮れたらやめてやろう」

「ああ、動かさないでぇ……お願い」

「じゃ、自分でやることだな」

意外なことに彩未の願いは叶った。しかし、男は乗馬用鞭で彩未の尻をゆっくりと撫でだした。

「叩かないでください！」

「蠟燭責めで指をアレだけ美味そうに締めつけていたんだ。パパに大人になったところを見せてやらないとな。おらッ」

鞭の打擲《ちようちやく》音とともに悲鳴があがった。

身体が反り返り、勢いをつけて森保の胸に乳房を押しつけることになった。

「んんぐんぐんゥぐんん！」

椅子が軋むほど森保は身体を捩った。

だが、身動《じろ》ぎすればするほど、快楽が激しくなるのか、顔が真っ赤になり懸命に耐えているのがわかった。

「ほら、彼氏にしたようにいやらしくケツを振るんだ。ほらっ、ほらっ！」

鞭がヒップを叩くたびに、彩未も腰を振らざるをえなかった。

どれほど自制心が強くても堪《こら》えられるものではない。森保も鼻息を荒くして昂《たかぶ》っているようだった。しかし、ペニスの根元を縛られているので、射精することもできず苦痛に悶絶している。

森保の猿轡は外された。

その瞬間、森保は大きく息を吸い込んだ。しかし、その間も押し迫った射精欲はどうしようもない様子だ。それでも口では必死で吠えた。

「お前ら一人残らず殺してやる！」

「きたねーな、唾を飛ばすなよ……おっさん」

「自分の立場がわかってないようだな」

ヤクザたちの余裕綽々《しゃくしゃく》な態度がさらに森保の感情を逆撫《さか》でした。

男らはその反応を嘲笑するように、娘の背中やヒップを責め嬲った。

「……うぐぅ、あぁァぁう、娘に手荒なことを……俺を舐めるなよ？」

森保にも過去に過ちがあったのだろう。それを償うために更生し、地道に生きてきた人間をいたぶる男たちが勇次は憎かった。だが、隣にいる辰己はそうではないようだった。

「俺が知っている親父たちは娘に手を出すのが普通だったぜ？　興奮を隠すために怒ったふりをしているだけじゃねーか？」

勇次はその言葉に胸が痛くなった。おぼろげな記憶が頭をかすめた。なぜか妹の裸体が目に浮かんだ。それを打ち消すように怒気を込めた。

「……ふざけるな」

勇次は辰己の胸ぐらを摑んだ。

だが、辰己は醒めた目をしていた。まるで理解できないと言わんばかりである。

「あの親子が不幸になることとお前に何の関係があるんだ？」

「恩がある。それにあの娘は……」

「そんなもん意味あるのか？　ずいぶん余裕があるな」

勇次は辰己を殴りたい衝動に駆られた。

だが、彩未の新たな悲鳴を聞いてそれどころじゃなくなった。男が再び彩未を抱えあげて、上下運動を繰り出しはじめたのだ。結合部から見え隠れする森保の肉棒はさらに膨張しているようだ。

精を放つことも萎えることも禁じられたペニスはさらに変色してドス黒くなっていた。

「見ろよ、すげーデカチンだな、これ」

男が肉棒を指で弾いた。

「んんん」

そのとき、血を吐くような呻き声とともに怒張が痙攣を繰り返した。だが、鈴口から先走り液がわずかに滲んだ程度だった。

「あんまり焦らしたらやべーかな」

男たちがさらに彩未を森保に密着させた。砲弾のように絞りだされた乳房が上下に踊っている。

「んんぐぅぅ……あ、あんん」

彩未は洩れそうになる浅ましい声を必死で押し殺しているようだった。そのくせ尻を切なげに動かしているようにも見える。

「この娘、父親と繋がってるのに盛りあがっているみたいだ」

ヤクザが彩未の喜悦を見逃さなかった。調子に乗って抱きかかえた肉体を意地悪く揺り動かした。

「だめぇ！　ひぃん、動かさないでぇ！」

ピストン運動を早められるたびに、彩未の身体はますます火照った。背中から汗が伝って尻の谷間に消えていく。

「んぐんんぐぐゥぐ！」

森保も身悶えている。

「父親とのセックスがそんなにいいか？」

男たちは責める手を休めるどころか、ますます激しくしていく。なんと彩未の身体を回転させはじめたのだ。結合部からペニスが姿を現すたびに、肉竿が捻れている。

「うぐぃ、あ、ああん……」

「マ×コが気持ちいいか？」

彩未が髪を振り乱して顔を振った。

横顔は頬が上気し、目はうつろだった。それをカメラマンが舐めるように撮っていく。

「父親のチ×ポがどうだか言ってみろ！」

「……感じてます……あぁひぃィんゥ、感じてます！」

熱に浮かされたように大声をあげて、彩未は仰け反った。白い喉がプルプルと震えて、唇の端から涎が垂れている。

「詩穂里の居場所を言うんだ」

「……」

「最後のチャンスだぞ？」

「……です」

彩未は消え入りそうな声で答えた。

「おい、すぐにそこに向かえ。確保しろ」

組長が部下に命じた。

慌ててヤクザたちが部屋から出ていった。

辰己が勇次の背中を押した。

「ぼうっとするな」

「……」

勇次は金縛りにあったように動けなかった。視線が彩未たち父娘に注がれたままだったのだ。頭では二人を助けなくてはならないとわかってはいたが、身体が言うことをきかない。

残っていた男が森保のペニスを縛る紐を解いた。その瞬間、森保が浅ましく腰を上下に振りはじめた。

一目で射精が始まったのだとわかった。

「あひぃ、だめぇ！　あくぅ、あぁ、中に出したらだめぇぇ!!」

半狂乱になるほど彩未が暴れた。

だが、深く食い込んだ肉棒は外れなかった。

勇次は目の前の光景を目にしてはいるが、なんだかこの場にはいないような感覚があった。

昔、アパートで両親がまぐわっている情景が目に浮かんだ。

「……」

彩未をヤクザが抱えあげてカメラマンに股座《またぐら》を見せたとき、ドロリと白い樹液が床に糸を引きながら大量に落ちていった。

彼女との楽しい思い出も一気に色褪せ、現実とは思えなくなった。

「助けるつもりか？　それなら、今なら相手は二人だし、俺らで奴らをのして、ビデオカメラも奪える」

「詩穂里たちを助けに行く……」

「そう来るか。やっぱりおまえの考えはよくわからん」

辰己が苦笑いした。その瞬間、首筋に刺すような痛みがあった。

勇次が振り返ると、辰己が注射器を手にヘラヘラと嗤っていた。

そのとき、封印していた記憶が一気に蘇《よみがえ》った。

父を刺したあとのことだった。返り血を浴びてそれを洗い落とすとき、洗面所の鏡に映っていた顔は辰己とよく似たものだった。あれは事故などではなく、勇次は明確な殺意を持って父親を襲ったのだ。

その日、父親が詩穂里を裸にして、まだ胸も膨らまない乳房を愛撫していた。それを見た勇次は怒りを覚えると同時に勃起していたのだ。それを父親に勘づかれた。

「なんだ、おまえも妹に欲情しているのか？　血は争えないもんだな」

その瞬間、目の前が真っ暗になった。

包丁を摑むと躊躇なく父親を刺したのだ。妹は泣きわめきながら言った。

「お兄ちゃん、私を殺さないで……詩穂里は何でもするから」

その後、勇次は詩穂里の身体をすみずみまで愛撫したのだった。

(だから俺は詩穂里から逃れるために少年院に入ったんだ)

虚空を見つめる勇次に辰己が語りかけてきた。

「おまえには、あのぼんくら組長を殺してほしかったんだがな。当てが外れたぜ」

辰巳は勇次のポケットに入っている拳銃を叩いた。

「だが、挽回のチャンスはあるだろう？」

「……ああ、ようやく自分の本性《ほんしょう》に気づいたよ」

「頼むぜ」

薄れゆく意識の中で勇次がつぶやくと、微笑みながら辰巳が手を握ってきた。

第五章　妹の濡れた秘唇の奥

1

薬の影響でまだ朦朧としている勇次は両腕を拘束されてしまった。

「さっさと歩くんだ」

辰己が背中を小突いた。

反射ガラスで車内がよく見えない高級外国車に乗せられた。

勇次は辰己と組長と思《おぼ》しきヤクザに挟まれた。先ほど指示を与えていた人物だ。

「出せ」

辰己が命じると運転手がアクセルを踏んだ。

勇次は自分に腹が立って仕方がなかった。

(辰己はやはりクズだった。少しでも気を許した俺がバカだった)

勇次は辰己を騙すために組長に体当たりした。

「ほら、暴れんなよ」

そう言いながら辰己が押さえつけてきた。その際、拘束しているロープを少し緩めてくれた。

「んぐぐぐん」

薬のせいか上手《うま》くしゃべれず舌がもつれた。

「薬を使ったのか？　数時間は意識を失うはずだ」

組長が呆れたように言う。

「こいつの精神力は並外れてるんですよ」

勇次の後頭部を叩きながら、辰己が言った。

どうやら、辰己は組長殺害を実行させるために、わざと薬の量を減らしたようだ。

「……」

隣の組長は憮然としてそっぽを向いた。

辰己はわざと軽口を叩いてみせた。

「鷲津組長の演技のおかげで、すっかりこいつも騙されましたね」

それに対しても鷲津は無言だった。

車が到着したのは赤坂の「グルニエ」だった。

辰己はエントランスに向かう際、こちらを振り返った。

「組長はそいつと裏口から入って、控え室で待っていてください。俺が仕切りますんで」

車は建物の裏手へと進んだ。停車すると運転手が後部座席のドアを開けた。すると、鷲津が急にその男に蹴りを入れた。

「なんだ、あの辰己の野郎は。何様だ？　なんであいつが仕切るんだよ！」

運転手は必死で謝ったが、さらに数発殴られた。それでも運転手は勇次を控え室に引っ張っていき、椅子に拘束してしまった。

そのとき運転手が勇次の耳元で囁いた。

「組長を仕留めるんだ」

運転手は車を移動させると言って、部屋から出ていってしまった。鷲津は不貞腐《ふてくさ》れたのか煙草を吸いはじめた。勇次は縄を解くことに集中していた。

薬の効果が薄れていくのがわかった。

ロープはゆるめられていたので、たやすく解けた。勇次はズボンに隠してあった銃を取り出した。

それをおもむろに組長に向けた。組長はたちまち蒼褪《あおざ》めた。

「おい、ちょっと待て！　早まるな」

「少しでも動いた撃つぞ」

そのとき、運転手がそっとドアを開けて中を窺ってきた。勇次は男に銃を向けて命じた。さすがに運転手は驚愕して目を見開いた。

「静かに入ってこい」

運転手はよく見れば勇次と同じくらいの背丈だった。

勇次は鷲津を睨んだ。

「提案がある」

「……何だ？」

鷲津がいぶかしげに聞いた。勇次は自分の口の端が歪むのを感じた。

「辰己を排除したくないか？」

立っているのがやっとだった勇次は椅子に腰掛けた。

（ここで組長を殺した俺をこの手下に殺させるつもりだったんだな……そして、あい

つは詩穂里を自分のものにしようと……そうはさせるか)
「なに笑ってるんだ？」
鷲津は気味悪そうに勇次に問いかけた。

2

雨宮が経営する「グルニエ」にはいかにも裕福そうな客がたくさん集まっていた。

部屋には五十人前後はいそうだが、それだけの人数がいても狭く感じることはなかった。天井が高いせいかもしれない。

中年以上の男性がメインだが、中にはカップルで来ている者もいるようだ。みな一様に仮面をつけて正体を隠していた。

部屋の一角にはステージが設置されていた。そこに強烈なライトが女たちを照らし出している。

もちろん彼女たちは美貌だけでなく、その肉体も余すことなく晒されていた。さらに異様なのは身体つきが幼かったことだ。

それぞれ首輪を嵌められ、番号の記された鑑札を提げていた。

「今日は『グルニエ』の新しい門出となります。私は新支配人の辰己と申します。以後お見知り置きを。では早速、新商品を紹介しましょう」

マイクを手にしたスーツ姿の辰己が一礼すると、会場からいっせいに拍手が鳴り響いた。

「一番から三番は、それぞれ川村由貴《かわむらゆき》、庄司万里《しょうじまり》、佐伯梨沙《さえきりさ》といいます。地方出身の中学生で家庭環境は中流以上。ご存じの方もいるでしょうが、この春からデビューするアイドルたちです」

辰己は軽快な口調で紹介を続けた。

「三匹ともすでに処女ではありませんが、男性経験はほとんどありません。ぜひ、みなさまの手で、このロリータグループを育ててください」

少女たちは一夜奴隷として競《せ》りにかけられるのだ。

今にも泣きそうな顔をしているが誰も逃げ出したりはしなかった。その後の報復を恐れているのだ。

電光掲示板には初値が表示された。

その額はサラリーマンの月給よりも高額だった。

一番手の由貴は首輪にリードを取りつけられると、ステージから下ろされ歩かされた。彼女をスポットライトが追っていく。

「まずはリーダーの由貴です。年齢は十四歳。熊本県出身。正統派美少女の彼女を一晩可愛がりたい方はいらっしゃいませんか？」

辰己が言い終わるやいなや、一人の中年男が希望価格を叫んだ。それに続いて別の男が値を釣りあげる。

「いやぁ……」

由貴が立ち止まり動かなくなった。

「ちゃんと歩かないとわかってるな？」

辰己が小声で脅すと、由貴はよろそろと歩きだした。

「……見ないで」

アイドルとは思えないほど涙と鼻水で濡れたひどい顔をしていたが、それを見た客たちがさらに値を釣りあげていく。

激しい競りは万里や梨沙たち、そして残りの少女たちにも行われた。少女たちを競り落とした男たちは、これ見よがしにその場で奉仕させていた。

「ふふ」

辰己は会場を見渡し、手応えを感じているようだった。

初回ということもあり、売れ残りを心配したのも杞憂《きゆう》だった。逆に今までの商品だった人妻やＯＬの売れ行きが悪かったようだ。買い手がつかなかった女たちは懲罰ショーに回されることになった。

女同士で濃厚なレズプレイをさせられたり、極太のバイブで自慰を強要されたりした。その後はトイレに連れていかれ、人間便器として一夜を過ごすことになる。それを知った少女たちは恐怖に震えた。

買い主の機嫌を損ねぬよういっそう奉仕に励むのだった。

スポットライトがいったん消えた。

「それでは、本日のメインディッシュを紹介します」

舞台にはいつのまにか縄で縛られた美しい熟女がいた。

響子だった。

よく見ると響子の背後に少女が隠れていた。

少女は赤いボンデージ姿に身を包んでいた。両手を後ろで縛りあげられ、蕾のような乳房は剝き出しになっている。もちろん、無毛の割れ目も目立つように革製の紐が食い込んでいた。

「おおおおお」

肉食獣の唸りにも似た歓声が会場からあがった。

響子が雨宮の奴隷妻であることは周知の事実だった。

だが、客たちの関心は項垂《うなだ》れたままの美少女にあった。地下アイドルたちよりもよほど美少女だったからだ。

（結局、詩穂里よりも上玉は見つけられなかったか……）

辰己はすぐに客たちの反応を嗅ぎ取り、マイクを摑んだ。

「当店が誇る響子のことはマ×コの具合からケツの皺までみなさんよくご存知のことでしょう。その名器から生まれたのが、娘の詩穂里嬢であります」

そう言って辰己が詩穂里を前に突き出した。暗闇で光る目が詩穂里に注がれた。

「……あ」

「ウオオオオオオオオ!!」

会場が異様な空気に包まれた。

威圧されたのか詩穂里が思わず響子の後ろに隠れた。その初々《ういうい》しい仕草に客たちをさらに煽ることになった。

詩穂里が闇に消えそうになったとき、誰かが背中を押して前に突き出した。ゆっくりとその人物が浮かびあがった。

少し光沢のあるスーツを着ている。やはりマスクをしているが、誰もがそれが雨宮であることはわかっていた。

「愛娘をごらんください。現在は中学一年生ですが、小学生の頃から〝英才教育〟を施してます」

「……いやぁ」

詩穂里はオロオロして視線を彷徨《さまよ》わせている。

白い肌に珠のような汗を浮かべ、それが革紐の食い込んだ幼肉へと流れた。恥部を隠そうと屈もうとしたが、すぐに雨宮に髪を引っ張りあげられてしまった。

「あなた、詩穂里はまだ子供です。これではあんまりです」

響子が訴えると、雨宮が首輪を引っ張った。首輪が喉に食い込んで苦しげに呻きながらも、健気《けなげ》に詩穂里を救おうとした。

辰己が客を煽るように、響子のゆさゆさ揺れる乳房を揉むと、雨宮も詩穂里の慎ましい乳房に手を伸ばした。

「美しい母娘だとは思いませんか？　こうして並べてみると興味深いでしょう」

「……どうか……娘だけは……お許しください」

「ママぁ」

二人が涙を流し身を寄せた。

辰己と雨宮が目を合わせて、二人の太腿を持ちあげた。

響子と詩穂里は恥じらって腰をうねらせた。剝き出しになった秘部はともに無毛処置を施されているために、綺麗な縦筋が丸見えになっている。しかも、母親のほうは熟れきった肉をよりいっそう卑猥に見せていた。

一方、詩穂里のほうは無垢そのものといった佇まいだった。

「次は尻の奥だ」

雨宮が言うと、詩穂里が反応した。

「それだけは……」

「尻を見せてみろ」

雨宮は詩穂里を後ろ向きにさせると、先ほどよりも忙しなくヒップを揺らした。尻の穴にアブノーマルな感覚を植えつけられていたからだった。その恥じらいの意味を勘のいい客が気づき、すぐに野次を飛ばした。

「中一のガキのくせに、もう尻の味を知っているのか?」

「お前のママもアナルから涎を垂らしてよがるんだぜ」

「いやぁ……」

詩穂里はたまらず嗚咽をこぼした。

整った顔に悲哀の色が浮かんでいだ。

それが何とも艶っぽく幼い色香が漂っているのは皮肉だった。

だが、先ほど競りにかけられた美少女たちとは段違いの魅力で、それは雨宮の躾の賜物《たまもの》なのだろう。

「見ないでぇ！」

一方、詩穂里にとっては地獄の日々であったはずだ。こうして母親と競売にかけられる屈辱は計り知れないはずだ。しかし、擦り合わせる内股には蜜汁が垂れてヌルヌルになってしまっている。

それは響子も同じだった。

辰己に同じように尻を開かれ、穴を露呈させていた。

拡張されおちょぼ口になった菊門が磯巾着《いそぎんちゃく》のように蠢き、割れ目から内腿にかけてまとわりついた粘液が輝いていた。

しかも、響子は淫らに尻を振り乱している始末だった。

「どうか、今宵もわたくしをお嬲りください」

響子は娘に対する関心を逸らそうと、嗚咽混じりの口上《こうじょう》を述べた。

しかし、客たちは新しい生け贄《にえ》のほうが気になって仕方がないようだった。

会場にはドス黒い興奮が渦巻いていた。

客の一人が手を伸ばし、詩穂里の足首に触れてきた。

「きゃあ！」

「おっと、お触りはご遠慮ください。まずは落札をお願いします」

雨宮が慌てて詩穂里を引き寄せた。

しかし、それで屈辱が終わったわけではなかった。

「ひぃん！」

雨宮は詩穂里の片脚を持ちあげ、Y字開脚にしてしまった。

当然、割れ目も丸出しになる。

それにならって、辰己も響子に同じ姿勢を取らせた。

「おおおォぉぉッおぉおお」

母娘の成熟度の違いを見せつけられた客たちのボルテージがさらにあがった。

「私には少し変わった性癖がありましてね」

雨宮が朗々と語りだした。

「ご存じの方も多いと思いますが、響子は奴隷妻とはいえ愛する妻には変わりません。ですが、その妻を他人と共有することでどうしようもなく興奮してしまうのです」

演技でないようだ。そのことは詩穂里にもわかっているはずだ。

男の吐く熱い息がうなじにかかった。

「……いやぁ」

「そして、この娘はアナルセックス専用奴隷として躾けてきたので、まだ、この穴は男を知らないわけです」

鼻息がさらに荒くなっていく。

危険を察知した響子が叫んだ。

「あなた、おやめください」

詩穂里も懇願した。

「もっといい子になるから……そんなこと言わないで」

「娘を本日牝にしようと決意しました。どなたか、娘の初めての男になる方はいませんか？　親バカと笑われるかもしれませんが、この娘は抱き心地は抜群です」

たちまち熱狂が会場を包んだ。

「あんたマジでイッてるな」

辰己が半ば呆れたように呟いた。

3

響子と詩穂里のオークションは大いに盛りあがった。処女喪失の権利を得るために男たちが争奪戦を繰り広げたのである。

結果、権利を獲得したのは初老の男だった。

和服姿でいかにも堅気でない雰囲気を漂わせていた。

辰己は苦虫を嚙み潰したような顔になった。なぜなら、その初老の男が鷲津だったからだ。

「グルニエ」を裏で任されていたのは辰己だが、上納金は組に収めなくてはならない。

鷲津がオークションに参加しても問題はないが、その上納金を考えると、落札価格はディスカウントされたようなものだった。

(相変わらずせこいやつだ)

仮面で顔を隠していても鷲津の目は、辰己への敵愾心《てきがい》でギラついているのがわかった。

部下にも仮面をつけさせていたが同じような目をしていた。

そして、勇次だ。思いどおにいかなかったことに苛立ちを覚えていた。

(鷲津を殺せと言ったのに、使えないやつだ)

響子と詩穂里、さらには鷲津とその配下の男。その男がアタッシェケースを抱えていた。

彼らと雨宮、辰己は別室に入った。

鷲津が指示すると部下がアタッシェケースから札束を取り出した。

「雨宮さんにいいものをお見せしますので、ぜひ、ごいっしょしていただきたい」

獲物を手に入れた満足感からか、鷲津は上機嫌だった。

「ほぉ、処女喪失に立ち会わせてくれるというのですな」

雨宮も邪悪な笑みをこぼした。

「もっと面白いものをお見せしますよ」

鷲津の提案で彼のシマである浅草の老舗料亭に移動した。

そこは路地裏の奥まった場所にあった。完全貸し切りにしたようで、他の客はいなかった。

響子と詩穂里の異様な姿を見ても仲居たちは顔色一つ変えなかった。辰己も知らない店だった。

鷲津の配下なのか男たちはみな顔を黒いマスクで覆っていた。

辰己は彼らの招かれざる客であるとの自覚はあったが、無視することにした。

どうせ、近いうちに組のトップになるのだから、今に見ておけという気持ちだったのだ。いま、敵対しているやつらも金と権力があれば飼い馴らすことなど簡単だ。

一同は三十畳ほどある二階の宴会室に通された。

造りは古いが内装は近代的で、窓は防音対策が施されていて、格子まで嵌《は》められていた。

襖を開けると、そこに布団が敷かれていた。

そして部屋の上座に誰かがいた。

椅子に縛りつけられ、顔をマスクで隠されているが、辰己はすぐに勇次だとわかった。

何か訴えるように首を振っている。

(見苦しいやつだ……)

もっと骨のある男だと思っていたが、どうやら見込み違いだったようだ。

辰己は他人のフリをして部屋に入った。

「この男は？」

正体を知らない雨宮は当然ながら鷲津に訊《たず》ねた。

鷲津が耳打ちするとニヤリと笑った。器の小さい組長は自分の手柄にしたいのだろう。

響子と詩穂里は互いをかばい合うように身を寄せていた。

「娘だけはお許しください」

鷲津が部下に指示を与えると、ビデオカメラを持った男たちが乱入してきた。

「お嬢ちゃんの大事な瞬間をカメラに収めないとな」

「撮影だけはやめてください」

響子がカメラを遮《さえぎ》るように娘の前に出た。それを見た雨宮は腹を抱えて笑った。

「いいじゃないか。こんな記念撮影はめったにないぞ？」

「お義父様……約束が違います……高校までは今のままでいさせてくれるって」

「そのつもりだったが、逃げた罰を与えないとな」

「……あぁ」

「少し予定が早まっただけのことじゃないか。そう細かいことを言うな」

雨宮はまったく取り合うつもりはないらしい。

自分が処女を奪うことに固執しないあたりに異常性を感じた。

だが、辰己は雨宮のそういうところを評価していた。

だからこそ、鷲津が邪魔だった。詩穂里の初めての男になったらなったで、ことあるごとに自慢するのだろう。

主導権を握ろうと辰己は響子の背中を押しそうとした。それを雨宮にとがめられた。

「落札者はこちらの方だ」

（こいつ、俺とこの鷲津を天秤にかけているのか？）

辰己は頭が痛くなった。

「うちの者が不作法で失礼しますね」

鷲津が辰己の肩を押しのけた。

「……くぅ」

辰己は鷲津を睨みつけた。

「さて、この娘の処女を奪うのは誰にするかな」

鷲津は部屋を見渡した。雨宮が驚いて口を挟んだ。

「高い金を払ったのに、自分でやらないんですか？」

「実はワシは見ているほうが好きでな……抗争とか情事は特にな」

「それは高尚な趣味ですね。私と似ている」

鷲津と雨宮は互いの顔を見てうなずいた。

そのとき、一人の男が手をあげた。「グルニエ」からいた男だ。マスクを被っているので誰かはわからない。

「……俺に任せください」

「大切な儀式だぞ？　でしゃばるんじゃない」

「いえ、俺が適役です」

「ヘマしてワシの顔に泥を塗るなよ？」

鷲津がドスの利いた声で脅した。

「はい」

男はゆっくり響子と詩穂里の前に近づいた。緊張のためか少し脚が震えているようにも見える。

「おい、ボサッとするな」

鷲津が叱責すると、男はペニスをズボンから取り出した。

色素沈着の薄いペニスは半勃ち状態だった。ただ、萎えていてもかなりの巨根であることが窺えた。

「おまえたちもグズグズするんじゃない」

雨宮が命じると、響子と詩穂里が躙《にじ》り寄った。

二人は男の前にひざまずくと、母娘並んで頭を垂れた。ようやく観念したのだろう。

響子が代表して口上を述べはじめた。

「……本日は母娘ともどもお買いあげくださいましてありがとうございます……お尻の中は綺麗に掃除してあります。どうか、お楽しみください」

この期《ご》に及んで娘の処女を守ろうとしているようだ。

「まずは二人でおしゃぶりをして勃たせてやるがいい」

雨宮から命じられると、響子と詩穂里は半萎えの肉棒に舌を絡めていく。

「あむ、ああん、チュプ」

まずは響子が積極的に若いペニスを愛撫した。詩穂里は男の陰阜の繁みに舌を這わせていた。

「ちゃんと舐めろ！」

男が詩穂里の頭を股間に密着させた。

響子は肉棒を吐き出し、詩穂里といっしょになって肉竿を愛撫しはじめた。

次第にペニスは膨張し、屹立して青い血管を浮き立たせた。亀頭の先からは濃密な粘液を大量に分泌している。

「よし、そろそろ娘が咥えるんだ」

雨宮が命じると、響子が詩穂里に奴隷の作法を教えた。

「ちゃんとお断りしてからご奉仕するのよ」

「いただきます……詩穂里はオチ×チンをおしゃぶりさせていただきます」

詩穂里は口を精いっぱい開けて巨大な亀頭を含んでいく。

そして健気に頭を前後に動かしだした。

「んちゅ、んぷぅん……んんちゅゥん」

ときおり口からペニスを引き抜いた。すると、すぐに響子が間をあけず肉槍にむしゃぶりついてきた。

響子にしてみたら男を満足させたら、娘の破瓜《はか》が延期されるのではないかという淡い期待があるのだろう。

その熱心な姿を雨宮が揶揄した。

「若い男のペニスをしゃぶられて嬉しいか？」

「……はい。美味しいです。おチ×ポ美味しいです……詩穂里も舐めるのよ」

「わかりました……どうか、詩穂里にもご奉仕させてください」

そう言うと詩穂里は母親の口に入りきらないペニスの根元に唇を這わせて、フルートを吹くように舌でチロチロと舐めた。

母と娘は役割を何度か変え、口唇奉仕を繰り返した。

辰己は指を咥えて見ているだけの自分が腹立たしくなってきた。

鷲津の部下ごときがなんでいい想いをするのか。思わず舌打ちをしていた。

「とっても若々しくて立派なおチ×ポ。んん、逞しいわ」

「んあぁぅ……チュプ、チュッ、あぁ、オチ×チンとっても美味しい」

二人の手厚いフェラチオに男もさすがに呻き声をあげて首を仰け反らせた。

「んんん……」

男が負けじと強引に詩穂里の唇を割らせて、男根をねじ込んでしまう。

詩穂里は眉間に皺を寄せて苦痛をこらえた。きっと男根の獣臭さと先走り液の生臭さが口の中に広がっているのだろう。

（この男はロリコンか？）

見ているうと詩穂里に執心しているようだった。

響子がフェラチオをしようとしても、詩穂里の口を犯しつづけた。

仕方なく響子は娘の口から収まりきらない肉柱に舌を絡めた。だが、男は腰を突き出し長大な肉槍を根元まで押し込んでいく。

そして、無慈悲にも腰を前後させて、ペニスをズボズボと出し入れする。

(こいつは誰だ!? こんな根性の座ったやつがいたか?)

辰己は男に疑念を持った。

一瞬、勇次かと思ったが、すぐにそれを否定した。勇次は椅子に縛られたままなのだ。

だが、男は詩穂里が強烈な嘔吐感に襲われて噎せようがおかまいなしにイラマチオを続けた。

亀頭の先端で詩穂里の喉が膨らんだり凹んだりした。

「んぅゥんんッ」

「そろそろ出るか?」

鷲津が聞くと、男はコクリと頷いた。

(チッ、結局情けないやつだ。もうイッちまうのかよ)

辰己は心の中で毒づいた。

やがてペニスがピクッと痙攣して竿が膨らんだかと思うと、大量の白濁液が放たれた。思わず、詩穂里は後じさったが、詩穂里ばかりか響子の顔にも着弾していった。

「きゃん！」

詩穂里は小さい悲鳴をあげたが、顔を背けなかった。

それどころか肉竿をしごきはじめている。それに呼応するように衰えを知らぬ肉棒からは樹液が次から次へと溢れ、詩穂里の手を精液まみれにした。あまりの量の多さに一同は呆気にとられたほどだった。

「……二人で全身を舐めて綺麗にしろ」

男が嗄《しやが》れた声で命じた。

響子も詩穂里も互いの顔に舌を這わせ、あちこちについた白濁液を舐め取っていった。

いつの間にか、命じられてもいないのに、二人は互いの股間に手を這わせ、あろうことか淫核を指で転がしはじめるのだった。

辰己は我慢の限界だった。

4

そのとき辰己は声を張りあげた。

「もっと適役がいるぜ」

先ほどからずっと上座で椅子に縛りつけられている男を睨んだ。

その場にいる全員が辰己を見た。

(俺が主導権を握る番だ)

辰己は椅子に縛りつけられている覆面男、いや勇次のもとに近づいた。

響子も詩穂里も雨宮でさえ、この男の正体には気づいていないだろう。それを明らかにして場の空気を変えてやる。

辰己は勇次の前に立った。

「んんんッんんゥ……」

勇次はくぐもった声をあげ、懸命に首を振った。

「おまえにはガッカリしたぜ」

「んん……んッ!」

辰己は勇次の覆面に手をかけ周りを見渡した。

鷲津の冷笑を目にするのもあと少しだ。この男が響子の息子とは知らないはずだ。

「おまえらよく見とけよ」

覆面を一気に剝がした。

辰己は周りの反応に期待したが、誰も顔色を変えなかった。

「おまえらこの顔を忘れたのかよ」

「……」

響子と詩穂里は顔を見合わせた。

辰己は覆面男の顔を覗き込んで驚愕した。自分の部下だったからだ。

「なんでおまえが!?」

辰己は一気に背筋が寒くなった。そのとき、誰かの声が室内に響いた。

「動くな！」

ゆっくり振り返ると、響子と詩穂里にフェラチオ奉仕されていたマスクの男が銃を構えていた。

銃口は辰己に向いていた。

鷲津も銃を雨宮に向けていた。

「二人を縛りあげろ」

鷲津が命じた。

雨宮と辰己はたちまち縛りあげられた。

マスクの男はゆっくりと銃を下ろすと、マスクを脱いだ。

そこには端正な顔をした青年がいた。

勇次だった。

だが、瞳には以前のような輝きはなく、どこか虚ろだった。

「勇次、俺を裏切る気か？」

「……裏切る？　意味がわからんな」

勇次が辰己の顔を殴った。頬に焼けるような痛みを感じた。口の中が出血しているのがわかった。血溜まりを吐き出すと歯が混じっていた。

それを見た雨宮が暴れだした。勇次が自分を恨んでいることは百も承知のはずだから当然の反応だ。

鷲津に必死で訴えた。

「どういうことだ!?　辰己はともかく、なんで俺まで!?」

「こいつとの契約がありましてね」

鷲津が勇次を指さした。

勇次は冷たい目で雨宮を見下ろした。

「安心しろ。殺したりはしない」

「そうだよな。俺はお前の母親と妹を守ったんだから、そんなひどい仕打ちはしないよな？」

勇次が辰巳よりも強く雨宮を殴りつけた。

どこかの骨が折れる鈍い音がした。

雨宮は絶叫してのたうちまわったが勇次は無視した。

「……」

震えている響子と詩穂里を振り返った。

自分たちが先ほどまで勇次に奉仕していたと知った二人は現実が呑み込めず視線を彷徨《さまよ》わせた。

「……」

勇次は二人をじっと見つめていた。

響子が勇次を仰ぎ見た。

「……助けて」

「……」

「勇次、私たちを助けて」

無表情のままの勇次に響子は不安になって身を乗り出した。

「……母さん、もう俺たちは元に戻れないんだ……」

ようやく勇次が掠れた声で言った。

「どういうこと!?」

「大切なものは二度と手離さない。そう覚悟を決めたんだ」

勇次は詩穂里に近づいた。

「お兄ちゃん!?」

詩穂里は抱きかかえられ、布団の上に寝かされた。股を大きく開かされ、そこに勇次がのしかかった。屹立した逸物が鎌首をもたげている。

「……」

「お兄ちゃん、嘘だよね……」

詩穂里は勇次の胸を押し返した。しかし、ビクともしない。

そのまま真っ赤に腫れた亀頭を割れ目に押し当てられた。

「勇次、あなた！」

響子が詩穂里を引き離そうとしたが、いともたやすく勇次に払いのけられてしまった。

「奥さん、見ておきましょうや」

鷲津が響子の身体を押さえて言った。

「勇次、あなた自分の妹に何をするつもりなの？」

響子は悲痛な叫び声をあげた。

しかし、勇次は冷たく口の端を歪めるだけだった。それはまるでお前たちの正体を知っているとでも言いたげな嘲笑にも見えた。

「いったん壊れた絆を修復しないと、俺たちはバラバラになってしまう」

感情のこもらない声だった。

「……お兄ちゃん」

恐怖心からかヒクヒクと身体を痙攣させ、喉を震わせて啜り泣いた。

詩穂里は抵抗する力を失い、勇次の肉棒に擦りあげられるままになっていた。ついに覚悟を決めた詩穂里だったが、勇次はわざと焦らすように奥には挿入せず、亀頭の先端で鼠径部《そけいぶ》の窪みを撫でたり、割れ目の外周をなぞったりした。

そのたびに蛞蝓《なめくじ》が這った跡のように先走り液が付着していた。

「俺が初めての男になってやる」

すかさずビデオカメラが近づいてきた。

「あぅァうぅ……」

詩穂里は我を忘れて泣きだした。しかし、悲しいかな自然と腰がくねっている。

次の瞬間、焼けるように熱い男根がゆっくりと侵入していった。

「待ちなさい！　あぁ、それ以上はダメ！」

響子が泣き叫んだ。

その声を打ち消すような絶叫を詩穂里が放った。

「いたぁいいぃいィぃーーー!!」

ついに処女膜を破ったのだ。

それにかまわず勇次の肉棒が小柄な詩穂里の膣内に呑み込まれていく。詩穂里の身体がこれでもかと仰け反った。

「ええ、妹は俺が女にしてやったぞ」

勇次は不気味に笑うと響子を見た。

「……勇次」

「本当に近親相姦をしおったな」

鷲津が目を丸くして感嘆の声をあげた。自分の肉棒もしっかり硬くしている様子だった。

「ご協力感謝します。その母は誰にでも股を開く浅ましい女ですが、組長も楽しんでください」

すばやく服を脱ぐと、鷲津は肉棒を握りしめて、響子の濡れそぼった割れ目に嵌め込んだ。そして、動物のような唸りをあげ、力強く激しいピストン運動を開始した。

ほどなく響子は喘ぎ声をあげはじめた。

「んん、んぁあーっぅ」

「さあ、俺たちも愛し合おうじゃないか、詩穂里」

「お兄ちゃん……抜いて」

「詩穂里のマ×コが俺のチ×ポを締めつけて蕩けてしまいそうだよ」

勇次は詩穂里の頬に流れた涙を舐め取ったり、唇に吸いついたりした。

頑に閉じていた唇だが、勇次が子宮口を力強く突くと次第に緩んでいった。その隙に舌を侵入させ、詩穂里の舌を絡めとった。

「んァ、んんん……」

観念したように詩穂里のほうも積極的になってくる。

「卑しいやつだ」

しかし、詩穂里の身体から力が抜けてくる。

「……うぅ」

勇次はゆっくりと腰を前後させた。

グッタリとしていた詩穂里が、再び目を見開き鋭い悲鳴をあげた。

「動かないで……あァんぁ、痛いぃゥ」

「お前はこっちの穴のほうが好きなのか？」

勇次は詩穂里の身体を裏返しにすると、桃尻の谷間で息づいている肛門に指を挿し込んだ。前と後ろ穴のリズムを合わせて責めたてた。

室内にピストン運動の音が鳴り響いた。

響子からはピチャピチャと媚肉が男根に絡むような甘い音が、詩穂里からは肉がぶつかり合うダイレクトな音が聞こえてきた。それだけで、詩穂里の膣がどれほど窮屈なのか容易に想像できるというものだ。

「ん、ん、んん」

勇次も次第に快楽に圧倒されてきたのだろう。ますますピッチがあがった。

「っく、締めつけがすごい！」

勇次が猛々しく挿入を繰り返すたびに、詩穂里が呻き、泣き、ヒップを振り乱した。膣も強烈に収縮を繰り返しているようだ。

肉と肉の間に隙間がないほど密着している。それでも、ピストン運動を繰り返すたびに、詩穂里の股座に赤い血の雫がポタポタと垂れ落ちた。

「母さん、詩穂里の処女は俺がもらったよ」

能面のような顔の勇次は響子に報告した。目だけが爛々《らんらん》と輝いていた。

「……ああ、なんてことを……」

絶望したように響子が項垂れた。

しかし、鷲津が髪を後ろから引っ張って顔をあげさせた。そして、後背位で響子を貫いたまま詩穂里の隣まで移動した。

「詩穂里……あ、あぅ……」

「……ママ」

二人は互いの顔を見つめてさめざめと泣いた。

「どうだ、妹のオマ×コの味は？」

「ああ、たまらない」

「青くささも今のうちだけだからな」

「妹は俺が一人前の牝に育ててやる」

そう言って勇次は詩穂里の膣からペニスを引き抜いた。

「んァうぅん！」

詩穂里は脚を閉じるのも忘れているようで、ときおり身体を痙攣させた。

そんな妹を労《いたわ》りもせず、勇次は響子の前で仁王立ちになった。

逸物はこれでもかと反り返って力強く勃起していた。だが、母にしてみれば見るのも憚《はばか》られる光景だった。詩穂里の粘液と破瓜の血が纏わりついていたからだ。

「ほら、母さん、これが絆の証拠だ」

「……」

絶句したままの響子の口元に勇次は肉棒を差し出した。

「いや！」

「さっきは一所懸命俺のチ×ポを舐めてくれたじゃないか。ほら、ちゃんと舐めて綺麗にしてよ」

勇次は顔を背けた響子の頬をペニスで叩いた。

響子の白い頬に赤い血が付着した。

すると背後から鷲津が響子の髪を引っ張った。

「きゃあ！」

おまえが息子のチ×ポを美味そうに舐めてたのはみんな知ってるんだ。

「遠慮せずに舐めてやれ！

「どうか勘弁してください」

「母さん、俺を怒らせないでくれ」

勇次は押し殺した声でそう言うと、雨宮のもとに歩いていった。雨宮は縛られた身体を必死で芋虫のようにくねらせて逃げようとしていた。

勇次は首根っこを摑んで強引に引き戻した。

「こいつのは何度もしゃぶったんだろう？」

「……」

響子が視線をそらした。勇次は雨宮を見下ろした。

「おい、何回、俺の母さんと妹におまえの汚いものをしゃぶらせたんだ？」

「……金はやるから逃してくれ」

「何回しゃぶらせたかと聞いているんだ」

「……」

「数えきれないほどか」

雨宮が視線をそらせて俯いた。

すると勇次は雨宮に蹴りを入れた。鼻があさっての方向を向き、鼻血が飛び散った。

それを見た響子は心底怯えた表情になった。

「ひぃ……勇次、やっぱりあなたも……」

「あのクソ親父の血を引いてるよ。親父にも指摘されたっけな」

勇次は詩穂里を見ながら呟いた。

「だから、殺した。当時は否定したかったがね」

「勇次、昔の優しいあなたに戻って」

「そんな俺は昔からいなかったんだ。ゴチャゴチャ言ってないでしゃぶれ」

響子は観念したように、ゆっくりと口を開き、血まみれのペニスに奉仕を開始した。

「うッうぅァ……」

嗚咽をこぼしながら響子は唇を割って、グロテスクな肉棒を懸命に舐めしゃぶった。

娘の血と息子の先走り液がミックスされたおぞましい味が口の中に広がる。

「息子の立派なチ×ポをしゃぶるのがよっぽど嬉しいのか、マ×コがチ×ポをぐいぐち締めつけてくるぞ」

鷲津が呻き声をあげた。

「んんん」

さらに勇次が喉の奥深くまで肉柱を押し込んできた。

窒息しそうな苦しさと生理的な嘔吐感に苛《さいな》まれ、響子は噎び泣きながら舌を絡めつづけた。

同時に背後からは鷲津が責めてくるからたまったものではないだろう。

「うひぃうぃーん……ンむぅんんぁ！」

響子の背筋が反り返り、乳房が揺れるたびに背後では肉を打つ音が響いた。

「こやつの膣壺がヒクヒクと痙攣しておるぞ」

「誰にでも感じる浅ましい女ですから」

勇次は吐き捨てるように言った。

鷲津は極上の快楽を味わっているかのように恍惚の表情になり、荒い息を吐きながら、ピストンを速めていく。赤子のように飽きることなく響子の乳房を揉みつづけている。

それに呼応するように勇次のペニスを奉仕する舌の動きも激しくなった。

そのとき、詩穂里が身体を起こした。

「お兄ちゃん……だめぇ、そんなことしてたらお兄ちゃんが壊れちゃう」

「……」

勇次は響子からペニスを引き抜いて、詩穂里をじっと見た。そしてニヤリと笑った。

「俺は最初から壊れてたんだよ」

「あ、お兄ちゃん、何するの……」

勇次は詩穂里を立たせて、あの日のように身体中を愛撫しはじめた。

当時、平らだった胸はふっくらと膨らみ、お腹の幼児体型は薄くなり、腰に括れが見えはじめていた。ヒップも曲線を描き大人へと成長しているのがわかった。

そして割れ目では、舌が這うたびに小陰唇が押し開かれた。

あのときは舌さえ入らなかった膣は今は容易に受け入れてくれる。

「だめぇ……そんなことしたら……元に戻れないよ」

「これが俺の願いだったんだ」

勇次は詩穂里を抱えあげ、股を開かせそのまま肉棒を突き刺した。

「あひぃ、あぃ、あゥ、あぁー！」

勇次が跳ねるたびに詩穂里は喘いだ。

詩穂里が膣肉を痙攣させると、肉柱にこの上ない快感が駆け抜けた。

「いいぞ。いい締めつけ具合だ！」

「お兄ちゃんのが、お腹の中を……」

「子宮を突いてやる」

勇次は体重の軽い詩穂里の身体を激しく上下させ、肉槍で子宮を突き破らんばかりにピストンを加えた。

詩穂里はますます勇次にしがみついた。

処女喪失を終えたばかりにもかかわらず感じはじめていたのである。

「あひぃ……んん、あァ、あうん」

勇次がさらに激しく揺らし、いきり立ったペニスで膣を掻き回すと、詩穂里はたまらず喜悦の悲鳴をあげた。

「お兄ちゃんのが子宮に当たってるぅ！」

驚くことに詩穂里も自ら腰を動かしはじめた。亀頭が膣奥を突くたびに、華奢な身体がブルブルと震えた。

「イクのか？」

「ひぃ、あひィんぁあ……イッちゃう！　イッちゃいます！」

「勝手にイクんじゃないぞ？」

「は、はい」

勇次はさらに腰の動きを速めていく。それを追うように鷲津も響子を責め立てた。

「おお、母親のオマ×コもなかなかの締めつけ具合だ、こりゃ名器だ」

「くぅ」

男たちに絶頂が迫っていた。

「イクぞ、詩穂里!!」

「あぁ、いやぁ、中に出てる。あくひぃん。だめぇ！　イクゥ！」

「あくぅくんん、勇次、お願いだから、それだけは……」

これほど悲惨なロストバージンがあるだろうか。破瓜の痛み以上に最愛の兄に犯される惨めさに詩穂里は泣き叫ぶばかりだ。

やがて男たちの腰が痙攣しだした。

煮え滾《たぎ》った精液をドクドクと吐き出され、響子も詩穂里も身体を大きくバウンドさせて絶叫した。

勇次はただひたすらに腰を打った。最後の一滴まで子宮に叩き込むつもりのようだ。断続的に脈動を繰り返す肉槍からすべて放出しているようだった。

そして、詩穂里の顔を覗き込んで言った。

「詩穂里、これから俺が父親代わりにお前を躾けてやる。わかったか？」

「……はい。お兄ちゃん」

勝ち誇ったような勇次の顔はどこか父親に似ていた。

エピローグ

あの夜以来、辰己は行方をくらませていた。

話題にものぼらなかった。

「グルニエ」の支配人になった勇次は、辰己の基盤を受け継いだ。さらに雨宮姓を名乗るようになった。

雨宮は暴力と薬で支配されていた。

このところ、薬のやりすぎで精神に変調を来《きた》した雨宮は幽閉されているという噂も流れたが、鷲津をはじめ誰もそのことには触れなかった。勇次は辰己を凌ぐ活躍を見せていた。

帰宅した勇次を詩穂里と彩未が出迎えた。

二匹とも制服姿である。

「……お兄様、お帰りなさいませ」

「勇次さん、お疲れさまでした」

二匹はその場にひれ伏し、勇次の靴を舐めた。

「ケツをこっちに向けろ」

「はい」

詩穂里と彩未はヒップを突き出すと、自らスカートを捲りあげた。

二人はそれぞれ中学生の綿パンティと高校生のナイロンパンティを穿いていた。船底の密着具合から膨らみ方がわずか数年の年齢差でまったく異なっていた。

撫でるとさらに違いがはっきりする。詩穂里のほうは陰唇が薄く、綿パンティのごわつきを感じる。一方、彩未のほうは肉感的だ。コリコリとした花唇の感触が伝わってくる。

二人ともすぐにクロッチの部分を濡らしはじめた。

勇次は指を曲げて膣の中へと潜り込ませた。

「あァあぁゥ……」

「くひぃ……もっと奥に……」

詩穂里と彩末は徐々に尻を振りはじめた。

勇次は指に力を入れて何度もクロッチ部分を撫でつづけた。すると、生地に皺が寄り、割れ目が浮かびあがってくる。それを摘まんだり、弾いたりして弄《もてあそ》ぶ。二匹が呼吸を乱したまま淫らな若牝の匂いを発した。

「卑しいやつらだ」

勇次は吐き捨てるように言うと、クリトリスを意地悪く摘まんだ。

「あくぅんゥ！」

「んあぁ！」

二匹は鋭い悲鳴をあげた。

しかし、それにかまわず淫核をパンティを越しに責め嬲っていく。

指腹には金属の硬質感があった。その証拠にパンティには淫核ではありえない膨らみがあった。

「ピアスを弄《いじ》ったら……くんん」

奴隷だとわかるように、クリ包皮を根元まで捲りあげて、ピアスを施していた。ピアスがストッパーになって常に敏感な粘膜が剝き出しになり、詩穂里たちの急所はみるみる開発されてしまった。

もちろん勇次の意志だった。

「ピアスを捩ったらイッちゃう！」

「お兄様、引っ張らないで!!」

二人は叫びながらも夥《おびただ》しい蜜汁を溢れさせた。

もうパンティはお漏らししたようにぐっしょり濡れていた。

「オチ×チンをください」

「私にも、お兄様の逞しいペニスをください」

「本当にセックスのことしか考えられない牝どもだな」

勇次は彩未のパンティを膝の少し上まで引き下げると、肉棒を取り出して膣に突き入れた。すると、詩穂里が勇次の背後に回り込み尻穴に舌を伸ばしてチロチロと舐めてくる。

「オマ×コがいいです。犯してください！」

「客にもそうやって媚びを売るんだぞ」

勇次は指示を与えつつ、彩未の尻にスパンキングを加えた。

彩未のいまの上客はかつてこの女を執拗につけ狙っていた資産家の息子なのが、なんとも皮肉で滑稽だった。

打擲《ちょうちゃく》に合わせてキュッ、キュッと膣肉が波打つ感覚に勇次は目を細めた。膣奥をえぐるように突き、彩未の胸元を開けさせ、乳房を激しく揺らした。

「今度は詩穂里だ」

「はい」

詩穂里は嬉しそうに返事をすると、パンティを下げて桃尻を差し出した。

数度、膣内を逸物で攪拌したあと、すぐに引き抜いて、尻穴に挿入した。

「お尻の穴が捲れちゃう！　あァぁぁゥんん、いい、お尻の穴がいいです！」

今度は彩未が、詩穂里の股座《またぐら》に潜り込み結合部に舌を這わせた。

ときおり、詩穂里の淫核を唇で挟んで転がしたりして、勇次が感じるように工夫も加えていた。

「まだ中学生なのに、これからお前はどうやって生きていくつもりだ？」

「お兄様の……おそばに一生置いてくださいませ」

「……なら、せいぜい俺の役に立つことだな」

「はい」

勇次はその後、絶頂に達するまで二匹の膣とアヌスを犯し抜いた。

そして、射精が終わると、萎えたペニスを二匹に舐めさせた。

二人は何か本当に美味しいものをしゃぶるように、上目遣いで奉仕を続けた。

（これが俺の恋人と妹だったのか……）

ふと父や辰己、雨宮、それに自殺した森保のことを思い出した。

（やつらは弱いから淘汰《とうた》されたんだ）

母親の響子の精神も保《も》たなかった。いまは施設で静養しているが、回復したら、また……。

勇次は権力に陶酔していた。

「小便をしっかり飲めよ」

「はい、わかりました」

「かしこまりました」

勇次は躊躇なく美少女の顔に勢いよく放尿した。少女はそれを甘露水のように受け止めている。喉をコクコクと動かして嚥下《えんげ》していった。

「これから、おまえらは便器だ」

それを聞いた二人は嬉しそうに頷いた。

勇次の頬に涙が流れたが、その意味がよくわからなかった。

◉新人作品**大募集**◉

マドンナメイト編集部では、意欲あふれる新人作品を常時募集しております。採用された作品は、本人通知のうえ当文庫より出版されることになります。

【応募要項】未発表作品に限る。四〇〇字詰原稿用紙換算で三〇〇枚以上四〇〇枚以内。必ず梗概をお書き添えのうえ、名前・住所・電話番号を明記してお送り下さい。なお、採否にかかわらず原稿は返却いたしません。また、電話でのお問い合せはご遠慮下さい。

【送付先】〒一〇一‐八四〇五 東京都千代田区神田三崎町二‐一八‐一一 マドンナ社編集部 新人作品募集係

放課後《ほうかご》奴隷《どれい》市場《しじょう》 略奪《りゃくだつ》された処女妹《しょじょいもうと》

著者◉成海光陽【なるみ・こうよう】

発行◉マドンナ社
発売◉二見書房
東京都千代田区神田三崎町二‐一八‐一一
電話 〇三‐三五一五‐二三一一(代表)
郵便振替 〇〇一七〇‐四‐二六三九

印刷◉株式会社堀内印刷所 製本◉株式会社村上製本所 落丁・乱丁本はお取替えいたします。定価は、カバーに表示してあります。
ISBN978-4-576-20069-9 ◉Printed in Japan

Madonna Mate